KB012202

온라인게임의 신부는 여자아이가 아니라고 생각한 거야?

Lv.2

Kineko shibai
키네코 시바이 지음
ill:Hisasi

슈바인
/ 세가와 아카네

온라인에서의 슈바인
화력 지상주의인 소드 댄서(♂).
꽃미남의 탈을 뒤집어쓴 로리 소녀,
라는 거시기한 스펙의 소유자.

루시안
/ 니시무라 히데키

온라인에서의 루시안
방어 지상주의인 아머 나이트(♂).
굉장히 튼튼하다.
겁쟁이, 같은 마음과는 정반대로
점점 튼튼해져 갈 뿐.

애플리코트
/ 고쇼인 쿄우

온라인에서의 애플리코트
과금 지상주의인 마법사(♂).
돈의 힘으로 무지막지한
파워를…… 아니 역시 이거 반칙 아냐?

Lv95	HP/18532	MP/708		Lv80	HP/5173	MP/1498
Name	Rusian			Name	Ako	
Job	Armor Knight			Job	Cleric	
Sex	Male			Sex	Female?	
Atk/83+229		Mat/35+49		Atk/43+90		Mat/146+0
Def/107+250		Mdf/74+5		Def/69+22		Mdf/118+18

CHARACTER STATUS >>>>>

길드 앨리 캣츠의 술집(가칭)에서의 한때

세테

초기 장비를 입고 있는 걸 보면
아무래도 초보자 같다.
루시안을 알고 있는 것 같은데……?

**고양이
공주**

매우 귀여운 (일부 사람들의)아이돌
고양이 귀이며 어미는 "냥".
……약아빠졌군.
역시 고양이공주 씨 약아빠졌어.

**아코
/ 타마키 아코**

온라인에서의 아코

외모·지상주의인 클레릭(우),
한발 잘못 디디면 공주 캐릭터인,
게임·지식이 딸리는 소녀.
온라인에서의 그녀야말로
진정한 모습……?

Lv88	HP/12633	MP/459		Lv96	HP/14622	MP/5946		Lv10	HP/171	MP/31		Lv90	HP/17457	MP/2002
Name	Schwein			Name	Apricot			Name	Sette			Name	Nekohime	
Job	Sword Dancer			Job	Law Wizzard			Job	Novice			Job	Cardinal	
Sex	Male?			Sex	Male?			Sex	Female?			Sex	Female?	
Atk/138+276	Mat/13+56			Atk/73+150	Mat/493+372×1.8			Atk/11+45	Mat/12+0			Atk/42+93	Mat/184+223	
Def/71+101	Mdf/39+10			Def/86+278	Mdf/262+30			Def/10+66	Mdf/12+0			Def/89+67	Mdf/153+25	

현실 세계의 세가와 아카네
오타쿠 따위 기분 나쁘거든!
이라고 매도하는 계열의 숨은 오타쿠.
그나저나, 이 의기양양한 표정.
완전 분위기 탔다.

현실 세계의 고쇼인 쿄우
착각계 부모님 밑에서
현실에서도, 온라인에서도
돈의 사용법을 계속 잘못 알아온
리얼 아가씨에다 과금 마니아.

현대통신전자 유희부 · 부실에서

현실 세계의 니시무라 히데키
귀가부&취미는 게임이라는
의외로·자주·보이는·너희 같은 애들.
안정적인·'오픈'·오타쿠·캐릭터
포지션을·'유지하고·있었지만……'

현실 세계의 타마키 아코
온라인·게임과·현실을·구별·못하는
커뮤니케이션·장애·외톨이·여자.
등교는·하게·되었지만·여전히
커뮤니케이션·장애.

CONTENTS

And you thought
there is Never
a girl online?

ORIGINAL DESIGNED BY AFTERGROW

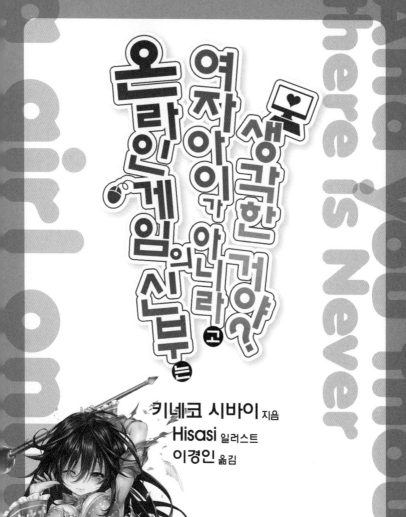

온라인게임의 신부는 여자아이가 아니라고 생각한 거야?

키네코 시바이 지음

Hisasi 일러스트

이경인 옮김

And you thought there is Never a girl online

Lv.**2**

프롤로그

루시안의 야망 온라인

And you thought there is Never a girl online?

그것은 내가 LA— 레전더리·에이지를 시작하고 1년하고 도 조금 더 지났을 무렵의 일이다.

당시 나는 게임 안에서 여자인 척 하던 남자에게 고백한 충격에 길드를 빠져나와 솔로로 플레이하고 있었다. 하지만 역시나 온라인 게임에서 계속 솔로로 플레이하는 것은 쓸쓸해서, 이왕이면 좀 더 진지하게 이 게임을 해 보자는 생각에 『본격적』으로 플레이하는 것 같은 길드에 가입을 신청한 적이 있다.

인간관계를 맺는 것도 퀘스트 수행하는 것도 레벨업을 하는 것도 모두 모든 힘을 다해 수행하는 그런 진지한 길드였다.

길드 마스터는 †흑의 마법사† 씨라는, 척 보는 것만으로도 알 수 있을 정도로 강력한, 빛나는 장비로 몸을 감싼 남자였다. 솔직히 쬐끔 주눅이 들었던 것을 지금도 기억하고 있다.

그래도 용기를 내 말을 건 결과, 다음과 같은 상황이 펼쳐졌다.

◆루시안 : 실례합니다. 저, 이 길드에 들어가고 싶은데

요…….

◆†흑의 마법사† : 어? 가입희망이야? 그럼 면접을 좀 볼까.

그 말에 나는 엄청 당황했다.

뭐? 면접? 게임에서 길드에 가입하는데?

그 시점에서 살짝 불안해진 것은 솔직히 부정할 수 없었다. 하지만 내가 먼저 말을 걸어놓고 그러는 것도 미안해서 나는 머뭇머뭇 그의 앞에 섰다.

뭐, 온라인 게임에서 길드에 가입하는 것뿐이니 면접이라고 해도 별로 대단한 것을 묻지 않겠지. 그럴 거야.

◆†흑의 마법사† : 그럼, 우선 LA 전에 했던 게임은?

그, 그거부터 묻는 거야? 내 게임 편력? 이력서에 적는 경력 같은 그거?

나는 너무 놀란 나머지 의자에서 미끄러질 뻔 하면서 일단 대답할 수 있는 만큼 대답했다.

◆루시안 : 온라인 게임은 LA가 처음인데요…….

◆†흑의 마법사† : 아, 그렇구나. 이게 처음이구나. 음. 그래그래.

그, 그 반응은 뭐야? 좋은 건가? 나쁜 건가?

길드 마스터가 가까이에 있는 간부급으로 보이는 사람이랑 별도의 채팅창으로 대화를 하는 것 같은 사이, 나는 왠지 심장이 벌렁거렸다.

◆†흑의 마법사† : 그럼 현실에서는 무슨 일을 하고 있어?

다음은 현실의 일을 묻는 거야? 게임에서의 일이 아니라?

아, 그런가. 이건 게임 안에서의 『루시안』이 아니라, 그것을 조작하는 나 『니시무라 히데키』의 면접인 거다. 나는 뒤늦게나마 그 사실을 알아차렸다.

◆루시안 : 어, 그게 그러니까…….

◆†흑의 마법사† : 아아. 딱히 직업이라든가 그런 걸 얘기하지 않아도 돼. 그저 로그인 시간이나 게임에 대한 진지함의 정도, 그런 걸 듣고 싶은 것뿐이니까.

게임에 대한 진지함의 정도라고 해도, 게임은 게임일 뿐 그 이상도 이하도 아닌데.

◆루시안 : 학생이라서 저녁부터 밤이라면 로그인 할 수 있습니다.

◆†흑의 마법사† : 아―. 그럼 대학생이 아니라 고등학생이나 그 아래겠네. 그렇다는 건, 밥 먹는다고 로그아웃하고 목욕한다고 로그아웃하고 심야에는 로그인할 수 없는 그런 타입인 건가. 우웅. 우린 말이지. 기본적으로 언제나 사람이 있지만, 사냥을 시작하면 그대로 세 시간은 연속으로 달리는 스타일이라 도중에 빠져나가는 건 좀 귀찮아.

◆루시안 : 아, 예.

우와아. 주의를 받고 있어! 이 사람, 일반적인 학생의 생활을 엄청나게 부정적으로 보고 있어!

이상한 건가? 내가 이상한 건가? 무서워! 완전 무서워, 이 길드!

◆†흑의 마법사† : 그게 딱히 나쁘다는 건 아니지만 말이야. 스타일이 다르면 결국 같이 노는데 서로 즐겁지 않다거나 쓸데없이 신경을 써줘야 한다거나 뭐 그렇게 되거든. 좀 더 자기한테 맞는 길드를 찾아보는 게 좋지 않을까, 그런 생각이 들긴 하네.

◆루시안: 그, 그렇군요…….

그저 길드에 들어가고 싶은데요, 라고 말을 건 것뿐인데, 마치 선생님에게 설교를 듣는 것 같은 기분이야. 평범한 학생으로는 길드 활동을 하기 어렵다니, 대체 어떤 길드인 거야?

어차피 면접은 불합격인 것 같으니 되는 대로 말을 던져보고 돌아갈까. 나는 자포자기 기분으로 달각달각 키보드를 두드렸다.

◆루시안 : 그럼 학교를 그만두고 게임에만 집중하면 이 길드의 스타일에 맞는다거나 뭐 그런 느낌인가요? ㅋ

◆†흑의 마법사† : 아, 듣고 보니 그러네. ㅋ

반쯤 농담 삼아 그렇게 말했더니 †흑의 마법사† 씨도 웃으면서 받아쳤다.

에이, 뭐야. 전부 다 진심인 건 아닌 건가. 그런 생각에 나는 안도의 한숨을 내쉬었다. 하지만 그것도 잠시.

◆†흑의 마법사† : 하지만, 음, 그래. 우리 길드에도 온라

인 게임을 하느라 직장이나 학교를 그만둔 녀석들이 몇 명 있는데 다들 즐거워 보여.

†흑의 마법사† 씨는 아무렇지도 않게 그렇게 말했다.

뭐야 그거. 무서워.

나는 그대로 굳어버렸다. 그런 내게 †흑의 마법사† 씨는 시종 미소를 지어보이면서 말을 계속 했다.

◆†흑의 마법사† : 그럼 마지막으로 메인 캐릭터의 레벨이랑 직업, 장비랑 생산 스킬 레벨, 대인 스코어랑 퀘스트 진행 상황 좀 알려줄래?

◆루시안 : 시, 실례했습니다아아!

◆†흑의 마법사† : 어? 야, 그냥 가면 어떡해?

도망쳤어. 도망쳤다고.

그리고 두 번 다시 그 길드의 집합소 근처에는 다가가지도 않았어.

사는 세계가 명백히 다르다. 그걸 분명하게 깨달을 수 있었지.

나는 이 게임 안에서만 살아갈 수는 없다는 걸 다시금 깨닫게 되는 사건이었어.

◆루시안 : 지금 생각해도 무서워서 몸이 다 떨려. 지금 동료들이랑 만나서 정말 다행이야.

◆아코 : 루시안도 고생했네요…….

내 이야기를 다 들은 아코는 눈을 내리깔며 동정하듯이 말했다.

◆루시안 : 그치? 그치? 폐인은 무섭지? 그러니까 너도 모르는 사람을 함부로 따라가면 안 돼.

◆아코 : 하지만 레벨이 30이나 올랐어요. 귀여운 장비도 받았고요.

◆루시안 : 그렇게 되니까 안 된다는 거야!

그렇지 않아도 너, 남들이 잘해주는 걸 당연하게 여기는 구석이 있으니까 말이야!

그랬다. 이 LA안에서의 『내 신부』인 아코는 무척 귀여운 차림을 하고 있던 ─ 본인 왈 ─ 여자를 졸랑졸랑 따라가서 난이도가 엄청 높은 사냥터에 동행, 있는 대로 민폐를 끼친 끝에 대량의 경험치를 빨아들였을 뿐 아니라, 아이템까지 얻어서 돌아왔던 것이다.

◆아코 : 하지만 무척 좋은 사람이었어요. 적의 약점이라든가 게임을 잘하는 요령이라든가 이것저것 많이 가르쳐줬답니다.

◆루시안 : 그거, 다 이해할 수 있었어?

◆아코 : 아뇨. 전혀요!

그렇겠지요.

그 정도 설명은 나도 항상 해주지만 넌 매번 꼭 같은 질문을 하지.

◆아코 : 참고로 루시안은 그 뒤에 괜찮았나요? 그 사람들, 나중에 쫓아와서 루시안을 괴롭히거나 하지 않았나요?

그럴 리가 없잖아. 온라인 게임에서 남을 괴롭히다니 그런 일은 별로 없어.

그렇다기보다 오히려 그 반대였지.

◆루시안 : 그 사람은 뒤를 따라와서는 길드에 들어오지 않아도 같은 게임을 즐기는 동료이니까 곤란한 일이 있다면 언제든지 찾아오라고 했어. 그래서 퀘스트 수행할 때 몇 번인가 도움을 받기도 했지.

◆아코 : 엄청 좋은 사람이잖아요!

그래. 완전 좋은 사람들이었어! 엄청 강한데다가 뭐든지 알고 말이야! 나는 절대로 그렇게 될 수 없을 거라고 확신했다고!

◆루시안 : 그러니까, 나는 진성 게임폐인을 존경하고 결코 거북스러워하지도 않아. 하지만 그래도 그 길드 마스터가 말한 것처럼 스타일이 맞는 사람과 노는 것이 좋다고 생각해. 개인끼리 노는 건 전혀 문제가 안 되지만 집단에 속하게 되면 역시 플레이 스타일이 다르면 힘들 테니까.

플레이 스타일이라는 것은 정말로 중요하다. 스타일이 맞지 않는 사람끼리 억지로 섞어놓으면 그곳에는 비극만 생겨난다.

예를 들면, 그래. 밸런타인 이벤트를 이유로 친구 만드는 것을 목적으로 하는 대인(對人) 플레이어와 생산을 목적으로 로 하는 생산 플레이어를 억지로 한 파티에 집어넣는 일은 절대로 해서 안 되는 거다.

그게, 귀중한 생산 플레이어가 나가버리니까 말이다!

◆아코 : 그것도 그러네요. 몇 시간이고 진지하게 게임을 했더니 지금 엄청 피곤해요.

거야 그렇겠지. 사냥 도중에 그 자리에 주저앉아 한 시간 이나 잡담을 하는 일이 쌔고 쌘 앨리 캣츠에 가입한 몸으로 게임 폐인의 본격적인 사냥을 따라갈 수 있겠느냐고.

◆루시안 : 그러니까, 함부로 이상한 사람을 따라가지 않도 록 해. 친하게 지낼 수 있을 것 같다면 상관없지만, 뭔가 이 상하다 싶으면 얼른 돌아와. 알았지?

◆아코 : 네―. 하지만 걱정하지 않아도 나는 루시안이랑 앞으로도 계속 같이 있을 거예요. 그 사람들한테도 난 루시 안이랑 결혼했으니까 페어 사냥은 할 수 없다고 제대로 얘 기했어요!

◆루시안 : 그쪽은 딱히 걱정 안 해.

◆아코 : 너무해요!

◆루시안 : 아코를 믿는다는 거야.

이 말은 진심이었다. 아무리 게임 안에서의 일이라고 하지 만 결혼을 한 것이다. 아코를 안 믿을 리가 없었다.

지금의 충고는 그 왜, 오히려 아코로 인한 피해자를 더 이상 늘리지 않기 위한 배려야.

지금도 아코를 데리고 다녔던, 여자인 척 하는 게임폐인 녀석들이 『아코와 헤어져라』 하고 끈질기게 끈적끈적한 귓속말을 날리고 있었다. 그런 만큼, 이 이상은 사양하고 싶었다. 아아 진짜. 띵동띵동 시끄러워 죽겠어.

◆아코 : 하지만 조금은 좋네요.

◆루시안 : 좋다니, 뭐가.

몇 번이고 계속 표시되는 성가신 귓속말 창을 닫는 내게 아코는 생긋 웃으면서 말했다.

◆아코 : 그 흑의 마법사 씨가 말한 것처럼 학교라든가 전부 그만두고 게임만 하면서 사는 거요. 그야말로 꿈이잖아요?

◆루시안 : 그래서 나보고 널 먹여 살리라는 거냐?

◆아코 : 그걸 어떻게 안 거죠!

◆루시안 : 진짜로 그런 거였냐! 절대로 안 먹여 살릴 거다! 너도 장래를 좀 진지하게 생각해!

◆아코 : 하지만 내 장래의 꿈은 전업주부라…….

◆루시안 : 네 꿈을 부정할 생각은 없지만, 나한테 그런 주변머리는 없으니까 그렇게 알아둬!

◆아코 : 에에엥.

슬픈 척해도 안 되는 건 안 돼!

참내. 이 녀석은 정말 여러 방면에서 글러먹은 녀석이로군.

―이런 대화를 한 것이 현대통신전자 유희부가 정식으로

활동을 시작한 지 3일 후였다.

그때는 딱히 별 생각이 없었지만, 나중에 생각하니 이미 이때부터 기미가 보였던 것 같았다.

무슨 기미냐면, 거야 당연히 내 신부가 또다시 저지른 일의 기미였다.

1장

그대는 숨덕입니까.

And you thought there is Never a girl online?

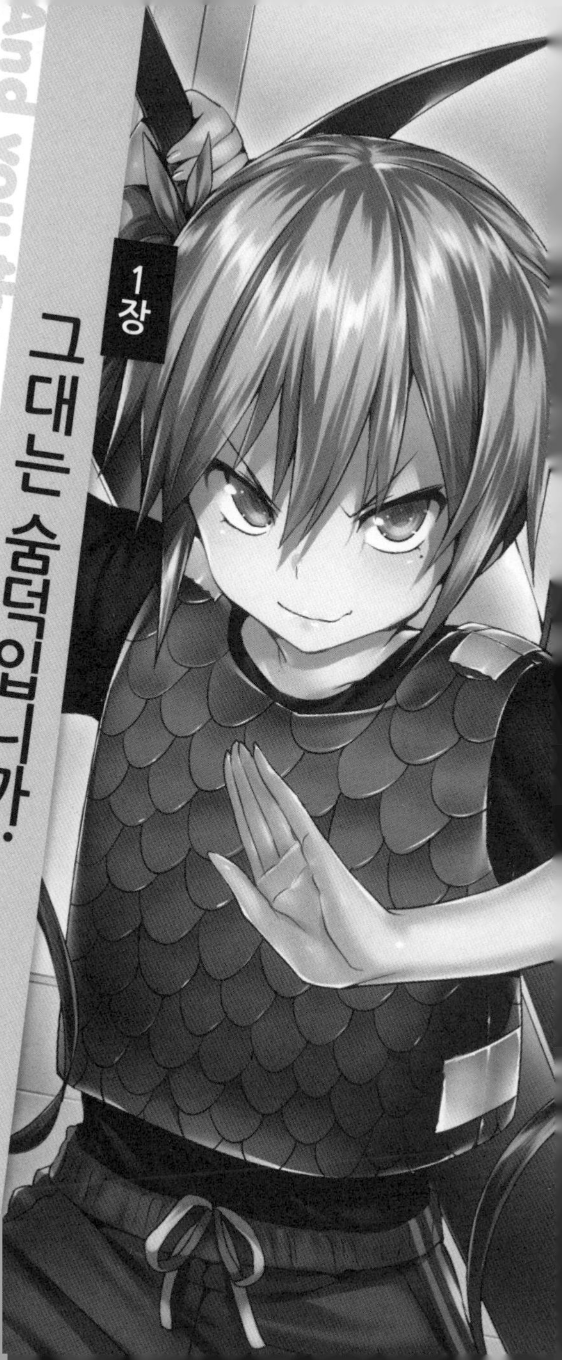

"아, 이런."

수업 사이사이에 마련된 짧은 쉬는 시간.

아무도 없는 매점 옆에 설치된 자판기 앞에서 나는 충격적인 사실에 몸을 떨고 있었다.

"지갑, 안 가져왔잖아"

일부러 자판기까지 왔건만, 지갑을 안 갖고 왔다.

교복 바지의 오른쪽 주머니를 뒤져봐도, 왼쪽 주머니를 살펴봐도 지갑은 들어있지 않았다.

아니, 것보다 잘 생각 해 보니 지갑은 아예 집에 두고 안 가져온 것 같기도 했다.

그리고 또 잘 생각 해 보니 집에서 나오던 그 시점에서 이미 지갑을 갖고 있지 않다는 것을 알아차렸던 것 같았다.

"그런데도 나, 아무 걱정을 하지 않았지, 아마. 뭔가 이유가 있어서 어떻게든 될 테니까 그대로 학교에 온 거야. 그러니까, 그게 뭐였더라……."

지갑을 두고 왔는데도 굳이 챙기지 않고 그대로 학교에 왔다는 것은 분명히 그러니까…… 아, 그래. 집을 나올 때 이렇게 생각했기 때문이었다.

『아─. 학교까지는 꽤 머니까 중간에 적들이 나올 거고, 그 녀석들을 적당히 쓰러뜨리면 점심값 정도는 벌 수 있겠지.』

"못 벌어어어어어!"

나는 당시의 내게 온 힘을 다해 태클을 걸었다. 하지만 이미 버스는 떠난 후였다.

게임 안이 아니므로 당연히 그런 터무니없는 일이 통할 리 없었다. 그런데도 진짜로 그렇게 생각하고 학교까지 온 건가, 나는.

살 수 없다. 주스를 살 수가 없다.

그게, 현실에서는 몬스터 같은 건 나오지 않으니까. 또 나온다면 나온 대로 난 그냥 죽어버릴 테니까.

"……그냥 가자."

이런 바보 같은 사정으로는 차마 남에게 돈을 빌릴 수도 없었다. 포기하는 수밖에 없었다.

그래. 오늘은 그냥 수돗물로 참자. 점심은…… 아코가 도시락을 싸오지 않으려나.

그런데 그런 생각을 하면서 몸을 돌리자─ 어라? 이쪽으로 누군가가 걸어오고 있었다.

저, 고개를 숙이고 자신 없는 것처럼 걷는, 앞 머리카락으로 얼굴을 가린 익숙한 사람의 그림자는.

"저기. 아코?"

"……아, 루시안!"

내 목소리에 상대방이 고개를 번쩍 들었다. 나를 향한 것은 역시나, 눈에 익은 아코의 얼굴이었다.

3초 전까지 발끝만 보고 걷던 모습은 어디에 팔아먹었는지, 아코는 내게 달려와서는 헤에 하고 표정을 무너뜨렸다.

"이런 곳에서 만나다니, 이것도 운명일 거예요!"

"자판기 앞에서 만나는 운명 따위 조금도 안 기뻐. 그리고 루시안이라고 부르지 마."

이왕이면 좀 더 로맨틱한 장소에서 만나는, 그런 멋진 운명을 갖고 싶었다.

"그런데 어쩐 일이야? 이런 시간에 마실 거라도 사러 온 거야?"

"그렇긴 한데요. 그것만이 아니라."

"그것만이 아니라?"

"교실에 있기 힘들어서, 마실 것 좀 사오겠다는 핑계를 대고 도망쳐 나왔어요."

"……그, 그러냐. 힘내라."

무겁구나. 그 이유가 참 무거워, 아코.

친구 좀 만들어. 그렇게 잘난 척 말하는 것도 좀 그래서 나는 모호하게 고개를 끄덕일 수밖에 없었다.

"그런데 말이죠. 이 인생 오프라인이라는 게임은 정말 거지같아요. 초기 능력치도 완전히 랜덤인데다가 좋아하는 스킬도 못쓰지, 능력치도 자유롭게 분배할 수가 없어요. 뭣보다 다른 플레이어들이 하나같이 진지해요. 이래서야 나처럼 가볍게 즐기려는 사람으로서는 손도 발도 못 내민다고 생각하지 않나요?"

"뭐, 뭐어 오프라인이니까. 다소의 불편은."

"나만 조금 렉이 있어서 잘 하지를 못하겠어요."

"인생에 렉이 있다는 말은 머리털 나고 처음 듣는다."

평가할 마음은 전혀 들지 않았지만 아코는 뭘 하든 둔하다는 의미에서는 맞는 말 같았다.

"그런 얘기는 됐고, 살 거면 얼른 사서 가."

"예. 일단 페트병이 있으면 할 일이 없어 따분한 것처럼 보이지 않게 할 수 있으니까 그것을 사야겠어요."

그러니까 그 속사정, 무겁다고.

하지만 나는 굳이 그 점은 언급하지 않기 위해 자판기 앞을 양보했다. 그러자 아코는 치마 주머니를 뒤적여 작은 지갑을 꺼내서는 탁 펼쳤다. 그러더니—

"……아."

딱 움직임을 멈추었다.

"왜 그래?"

"그러고 보니 나, 지갑에 돈이 없었어요."

스스로도 그 사실에 놀란 것처럼 아코는 눈을 동그랗게

뜨고 있었다.

아니, 너보다는 오히려 내가 더 놀랐는데 말이지.

"왜 자기 지갑 사정도 기억을 못하는 거야?"

"아뇨아뇨. 기억을 못하는 게 아니에요. 지갑에 돈 한 푼 없다는 사실은 잘 알고 있어요."

그럼 왜 자판기까지 온 거야? 내가 그렇게 태클을 걸 사이도 없이 아코는 텅텅 빈 지갑을 탁탁 두드렸다.

"다만 그, 학교에서 인벤토리#1 안의 필요 없는 아이템을 팔면 주스 값 정도는 나올 거라고 생각해서 일단 매점까지 온 건데요……."

"……그래."

"하지만 잘 생각해 보니 매점에서는 아이템을 사주지 않지— 라고 생각했다가 거기서 더 나아가서는 아니, 애초에 난 아이템을 안 갖고 있지, 라는 걸 깨달았어요. 여긴 게임이 아니잖아요."

"……그렇지."

어디선가 들은 것 같은 얘기였다.

혹시 그건가요. 함께 있으면 부부는 닮는다던가 뭐 그런 얘기인 건가요.

"어, 어쩌죠?"

#1 **인벤토리** 게임에서 플레이어가 획득한 아이템이나 물품을 보관하는 장소. 일반적으로 가방의 형태로 게임 속에 구현돼 있다.

아코는 어쩔 줄 몰라 하며 나를 쳐다보았다.

우웅. 주스 정도라면 사주고 싶긴 하지만 말이야.

"미안. 나도 지갑을 집에 두고 왔어."

"예? 그럼 루시안은 왜 매점에 온 거죠?"

"……학교에 오는 중간에 몬스터를 사냥하면 돈도 모일 거라고 생각해서."

"……에헤헤헤헤헤헤."

"야, 하지 마! 그저 서로 바보였던 것뿐이잖아! 기쁘다는 것처럼 몸을 비벼대지 마!"

생각하는 게 똑같다— 라고 말하는 것 같은 기묘한 방법으로 기뻐하지 마!

몸을 꾹꾹 밀어붙이는 아코를 그대로 끌어안으면 기분이 좋겠지—. 그렇게 생각하지 않은 것도 아니지만 나는 그것을 필사적으로 참았다. 게임과 현실은 별개. 만난 지 얼마되지도 않은 여자아이에게 그런 행동은 할 수 없습니다.

"니들, 뭐 하는 거야?"

"어?"

문득 어이가 없다는 목소리가 들려 나는 고개를 돌렸다. 그러자 조금 지친 것 같은 얼굴을 한 세가와가 서 있었다.

"아, 슈도 왔군요."

"슈라고 부르지 말라고 했지."

오타쿠라는 것을 숨기고 있는 세가와는 게임의 캐릭터 이

름으로 불리자 얼굴을 찡그렸다.

하지만 짧은 쉬는 시간이었기 때문에 자판기까지 오는 학생은 많지 않았다. 주위에 사람이 없었기 때문에 세가와는 크게 화를 내지 않고 자판기 앞에 섰다.

"지각하기 직전에 아슬아슬하게 교실에 달려 들어와서 그대로 수업을 듣는 바람에 목이 다 말라붙었어. 아, 진짜. 이 내가 지각을 할 뻔하다니. 엄청난 실수를 했어."

"그러고 보니 너, 선생님이 들어오고 나서 교실에 들어왔지."

"그래. 그러니까 담임이 고양이공주 씨가 아니었다면 위험했을지도 몰라냐, 라고 할까?"

"너, 그거 절대로 사이토 선생님 앞에서 하지 마라. 래리엇[#2]이 날아온다."

"괜찮아. 괜찮아."

세가와는 시원스럽게 그렇게 말하고는 벌컥벌컥 페트병에 든 차를 단숨에 들이켰다. 이야, 너 정말 남자답게 마시는데.

"푸하. 살 것 같다!"

"슈, 슈. 그 필요 없어진 페트병만이라도 나한테 줄 수 있나요?"

"……어디다 쓰려고?"

#2 래리엇 프로레슬링에서 상대의 목이나 뒤통수를 팔로 후려치는 기술.

세가와가 의아하다는 듯이 말했다. 그건 말이지. 쉬는 시간에는 마실 걸 사러 갔습니다, 라고 반 애들한테 어필하는 데 쓸 거야. 너무 캐묻지 말아줘.

"그, 그러고 보니 네가 지각하다니 별일이긴 하다만, 무슨 일이라도 있던 거냐? 우리가 어제 그렇게 늦게까지 게임을 했던가?"

"갖고 싶은 무기가 있어서 혼자 사냥을 했어. 그래서 늦잠을 잔거야―. 그런데, 그게 말이야. 엄청 바보 같은 얘기이긴 한데."

빈 페트병을 아코에게 건네준 세가와는 쓴웃음을 지으며 말을 이었다.

"사실 일어나자마자 시간이 아슬아슬하다는 건 바로 알았어. 그런데『아, 이 시간이라면 역까지 순간이동을 하면 늦지 않겠는걸. 과연 이 몸다워. 지각 따위는 있을 수 없지 그럼.』하고 말도 안 되는 생각을 해서는 천천히 준비를 한 거야. 그랬으니 당연히 늦을 수밖에."

"……."

"……."

정말 멍청한 짓을 했어, 라고 웃는 세가와에게 우리는 아무 말도 하지 않았다.

"……왜 아무 말도 안 하는 거야?"

"아니……."

"그게……."

죄송합니다. 우리도 같은 부류예요.

아니, 돈만큼은 제대로 갖고 있다는 점만으로도 당신이 우리보다 낫습니다.

"응? 너희들, 다들 모여서 뭐 하는 건가?"

그렇게 서로를 쳐다보는 우리의 등 뒤에서 문득 네 번째 목소리가 들려왔다.

"어라, 마스터."

어느새 마스터까지 자판기 앞에 와 있었다. 현대통신전자 유희부— 혹은 길드 앨리 캣츠, 졸지에 매점 앞에서 집합하게 되었다.

"어쩌다가 타이밍이 맞아서 같이 있게 된 것뿐이에요. 마스터…… 아, 아니지, 회장이야말로 2학년 교실은 여기서 좀 멀잖아요. 일부러 쉬는 시간에 여기까지 온 거예요?"

세가와의 말에 마스터는 무겁게 고개를 끄덕였다.

"그래. 어쩔 수 없는 사정이 있어서 말이다."

그 단정한 얼굴로 떨떠름한 표정을 짓자 매우 심각한 사정이 있는 것처럼 보였다. 하지만 지금까지의 경험으로 미루어보건대 뭔가 변변치 않은 일일 거라는 예감만 들 뿐이었다. 솔직히 무슨 사정인지 듣고 싶지 않았지만 또 듣지 않을 수도 없어서 나는 일단 물어보았다.

"그래서, 그 사정이 뭔데?"

"잘 물어봤다. 우선 가장 첫 번째로 학교에서『마실 것』이라 함은 기본적으로는 각자가 자택에서 싸 온 음료 혹은 수도꼭지나 운동부용의 냉수기에서 나오는 물 등의 무료의 것을 말한다. 알겠나? 기본적으로 무료, 즉『기본무료』다. ― 여기까지 이해했나?"

"그러네요."

아코가 고개를 끄덕거렸다.

아니, 기다려. 잠깐 기다려. 예감이 좋지 않아. 단어선택이 명백히 이상하다고.

"저기. 난 이미 좀 불길한 예감이 들기 시작했는데."

"……솔직히 나도 그래."

역시 세가와도 나와 같은 감상을 품었구나.

마스터가『기본무료』가 어쩌고저쩌고 한 시점에서 불길한 예감이 드는 것은 당연한 일이었다.

"자, 잘 들어라. 그리고『기본무료』인 수돗물과 비교해 매점이나 자판기에서 사는 경우, 그 음료수는 유료다. 보통은 무료인 물을 마실 것을 일부러 추가로 돈을 지불해 더 좋은 음료를 마신다― 즉, 이것은『유료결제』인 것이다. 내 말에 틀린 곳은 없겠지?"

역시 그런 얘기인 건가!

"그렇군요. 그런 발상은 생각지도 못했어요!"

"그런 발상은 오히려 필요 없었어."

왜 이 별세계 논법에 내 신부는 눈을 반짝이는 것일까. 대체 어느 부분이 심금을 울린 것일까. 여전히 도저히 모르겠어.

"자, 여기까지는 다들 이해했을 것이라 생각한다."

몰라, 그런 건. 우리는 시선으로 그렇게 말했다. 하지만 그런 우리의 시선을 마스터는 아무렇지 않게 흘려보냈다.

"그것을 전제로 해서, 1교시 수업 중이었다. 성실하게 수업을 받던 나는 문득 갈증을 느꼈다. 그래서 자판기에서 파는 레몬티가 마시고 싶어졌다. 한 번 그렇게 생각하면 그 맛을 마시고 싶어 참을 수가 없어진다. 그야말로 입안이 레몬티 전용이 돼 버리는 게지. 그렇지 않나?"

"일단은, 그런 일이 전혀 없다고 할 수는 없네요."

"그런 거다!"

기력을 잃은 모습으로 말하는 세가와에게 마스터는 득의양양하게 고개를 끄덕이고는 기세 좋게 말을 이었다.

"한 번 떠올려 보도록. 어느 게임이라도 유료아이템이라는 것은 언제든지 살 수 있도록 돼 있다. 그것이 당연하다. 사려고 하면 언제든지 살 수 있고, 딱히 사고 싶지 않은 때에도 자, 얼른 사라, 라고 말하는 것처럼 딱 눈에 보이는 장소에 구입 버튼이 떠 있다. 유료 아이템이란 그런 것이다."

그야 게임회사는 유저들에게 결제를 하게하고 그 돈을 받는 거니까, 온라인 게임의 유료결제 시스템은 쓸데없을 정도로 사용하기 쉽게 정비해 두는 것이 보통이지.

"그래서 나는 그 자리에서 유료결제를 하고자 생각했다. 뭣보다 레몬티는 이 학교에서 말하는『유료 아이템』이다. 언제든지 살 수 있는 것이 틀림없었다. 그랬는데. ─그것이, 듣고 놀라지 마라. 웬걸, 이 학교에서는 수업 중에는 유료결제를 할 수 없다. 유료 아이템을 살 수 없는 것이다. 이상하지 않은가. 유료결제를 하고 싶을 때 결제를 할 수 없는 것이다. 과연 이렇게 불편해도 좋은 것인가. 나는 참으로 불쾌했다. 과거에 느껴보지 못했을 정도로 불쾌했다. 하나, 나는 어른이다. 그런 분노는 전부 가슴에 묻고 불편함은 불편한 그대로 받아들인 채, 이렇게 일부러 매점까지 발걸음을 한 것이다."

흐흥. 마스터는 가슴을 펴며 그렇게 말했다.

내 기억에 따르면 이 사람, 성적이 엄청 좋았던 걸로 아는데, 응. 그래, 틀림없어.

이 인간, 바보다.

절대로 바보다.

"─그런 농담은 좋다고 치고, 오늘도 평소 시간대로 부활동을 한다. 모두들 성실히 수업을 들은 후 부실로 오도록. 알았지?"

"정말로 농담이었다고 한다면야 괜찮지만 말이야."

"당연하지 않은가. 그런 바보 같은 일, 한 순간 잠깐 생각했을 뿐이다."

역시 잠깐은 생각했구나.

나는 마스터에게 어처구니없다는 시선을 보냈다. 하지만 마스터는 그런 내게 웃어보이고는 레몬티를 흔들며 우아하게 왔던 길을 되돌아갔다.

"맞다. 루시안, 마스터에게 돈을 빌리면 되지 않았을까요?"

"아. 듣고 보니 그러네."

이런 바보 같은 사정을 이야기할 수 있는 것은 길드 멤버 정도였다.

하지만 그 마스터는 가 버렸으니 어쩔 수 없었다.

"포기하고 물로 참자고."

"그러네요. 반 애들을 속이기 위한 페트병은 구했고 말이죠."

그런 슬픈 소리 하지 마.

"그래서 너희는 뭘 하러 온 거야?"

"……."

"……."

의아해하는 것 같은 세가와의 시선에 우리 부부는 살짝 눈을 돌렸다.

"악화되고 있는 게 아닐까."

그날 부활동 시간. 현대통신전자 유희부실에서 아침에 있었던 일을 들은 사이토 선생님은 우울하다는 듯이 고개를 흔들었다.

"타마키만이 아니라 너희 모두가 말이야. 게임뇌라는 단어는 쓰고 싶지 않지만, 이런 일이 있으면 걱정이 안 될 수 없어."

"그것은 기우라는 겁니다. 사이토 고문 선생님."

"자신만만한 것이 오히려 더 불안해…… 그렇지. 모두에게 질문을 하나 하겠는데, 사람은 죽으면 어떻게 된다고 생각해?"

아아, 그건가. 최근 학생들이 『죽으면 되살아난다』라고 대답했다던 바보 같은 질문 말이지. 아무리 우리라고 해도 그런 것을 잘못 대답할 리가 없잖아.

정말 실례되게도 조금 불안한 얼굴을 하고 있는 선생님에게 우리는 자신만만하게 대답했다.

"죽으면 세이브 포인트로 돌아갑니다."

"그리고 경험치가 없어집니다."

"장비의 내구도도 떨어지지 아마."

"루시안이 화를 내요."

나, 마스터, 세가와, 아코의 순서였다.

틀림없이 완벽한 대답— 아니, 아코. 그건 네가 실수해서 날 죽여 버렸을 때의 얘기잖아. 나도 늘 화를 내는 건 아니야.

"하아……."

눈동자를 빛내며 쳐다보는 우리의 모습에 선생님은 깊이 한숨을 내쉬었다.

"얘들아. 진지하게 대답해줄래?"

"되묻는 시점에서 그 대답을 진지하게 받아들인 건 아닌 거죠?"

"그건 그렇지만, 여차할 때 오늘 같은 일이 일어난다면 곤란하잖아. 정말로 목숨이 위험한 때에 한 순간이라도 『아무렴 어때』라고 생각하면 돌이킬 수 없게 돼."

윽. 그런 말을 듣고 보니 그런 일은 절대로 없을 것이라고는 잘라 말할 수가 없는걸.

목숨이 끊어지는 순간에 아아, 나 죽는구나…… 세이브 포인트가 어디더라……라고 생각하는 나 자신을 생생하게 상상할 수 있었다.

덧붙여 이 상상에서 죽게 된 원인은 아코가 칼로 찌른 것이었다.

『루시안을 죽이고 저도 죽겠어요!』라며 덤벼드는 그런 거.

좀 무서울 정도로 생생한데, 설마 그런 일은 벌어지지 않겠지. 아코가 날 찔러 죽일 리가 없잖아. 하하하, 하하하하하.

"아코, 날 찌르거나 하지 않을 거지?"

"어…… 설마 루시안, 바람 피울 생각인 건가요?"

나, 바람피우면 칼에 찔리는 거야?

안 피워! 아니, 우리는 애초에 그런 관계가 아니잖아!

"차라리 클럽을 없애고 모두 온라인 게임을 그만두는 편이 좋지 않을까 그렇게 생각해. 인터넷에서 벗어나 모두 건전한 학생생활을—."

진지한 표정으로 말하는 선생님에게 마스터는 생긋 웃으며 말했다.

"그건 무척 곤란합니다만냐?"

"—그럼 오늘도 다들 착실히 부활동에 힘쓰도록 해. 선생님은 회의가 있어서 가 봐야 해."

진지한 표정을 조금도 무너뜨리지 않고 선생님은 부실을 나갔다. 그 뒷모습이 평소보다 더 작게 보인 것은, 그냥 기분 탓이려나.

회의에서 우리 때문에 비아냥거림 같은 것을 듣지 않으면 좋을 텐데. 사이토 선생님의 가혹한 처지를 생각하면 눈물을 금할 수 없었다. 돌아오면 고양이공주 씨를 위로해주자.

"고양이공주 선생님도 참 고생하네."

"그 원인이 다 우리이긴 하지만 말이야."

세가와가 어조와는 완전히 반대로 전혀 동정하는 것 같지 않은 모습으로 말했다.

것보다, 그 고양이공주 선생님이라고 하지 마. 교실에서 그렇게 불렀다가는 선생님, 쓰러질 거야. 덤으로 너도 온라인 게임이 취미라는 게 만천하게 밝혀져서 두 사람 사이좋게 하얗게 불탈 거다.

"하지만 아코가 게임과 현실을 혼동하지 않도록 하기 위해 만든 부이건만 오히려 상황이 악화되다니. 아아, 이래서는 우리 부의 존재의의가 좀처럼 없어질 것 같지 않군."

"왜 그렇게 기뻐보이는 거야? 마스터."

마스터는 앞으로도 더 여러 가지 일을 해 주마, 라고 말하는 것 같은 미소를 띠고 있었다. 조금도 아쉬워보이지는 않았다.

"그렇지 않아요. 저도 나아지고 있어요. 최근에는 루시안을 루시안이라고 불러도 혼나는 횟수가 줄었고 말이죠."

"그 한 마디 속에 이미 모순이 있다만."

부르고 있잖아. 그거, 나를 게임 속의 이름으로 부르지 않게 된 것이 아니라, 내가 아코를 혼내지 않게 된 것뿐이잖아.

"아코가 나아지고 있는 것이 아니라 니시무라가 조교(調教)되고 있는 거지?"

"조교라고 부르지 마. 익숙해졌다든가 친숙해졌다든가, 그런 제대로 된 표현이 있잖아."

"같은 의미잖아."

같지 않아. 내 심리적인 의미로는 결단코 같지 않아. 내가 아코를 갱생하려고 했는데 실은 내가 아코에게 조교되고 있다니, 말도 안 돼. 절대로 그런 일은 없어.

"그, 그렇지? 아코."

"왜 그러죠? 루시안."

아코는 고개를 갸웃거리며 나를 쳐다보면서 말했다.

그 대사에서는 아무 위화감이 느껴지지 않았다. 하지만, 그래서는 안 된다고.

"루시안이 아니라 니시무라 군이라고 말해봐."

"왜 그러죠? 니시무라 군."

나를 바라본 채 아코는 고개를 살짝 기울이며 말했다.

어, 어라? 왠지 방금 전과 느낌이 달라. 뭘까, 이 감각. 위화감은 아니야. 사이좋은 여자인 친구가 갑자기 호칭을 바꿔서 긴장이 되는 그런 느낌. 솔직히 쬐끔 두근두근─ 이 아니야! 이쪽이 올바른 거라고!

"진정하자. 냉정해지자…… 게임과 현실은 별개. 게임과 현실은 별개."

"루시안? 왜 그래요?"

"소매 잡아당기지 마. 소매."

귀여우니까 그런 행동 하지 마.

그렇게 장난을 치는 우리는 그대로 내버려두고 마스터와 세가와는 이미 자리에 앉아 있었다.

"그 얘기는 일단 제쳐두고 부활동을 시작한다. 뭣보다, 오늘은 업데이트로 유료결제 할 수 있는 아이템이 늘어났으니 말이다. 내게는 아주 기대되는 일이다."

"유료결제 아이템밖에 늘어난 게 없는 업데이트를 기대할 수 있는 사람은 마스터 정도예요……."

세가와가 떨떠름한 얼굴을 했다. 그런 세가와에게 마스터는 의아하다는 듯이 되물었다.

"무슨 말을 하는 거냐. 오늘 업데이트 내용은 새로운 뽑기 시스템 도입이다. 그거라면 누구나 즐길 수 있잖나?"

"그 뽑기라는 거, 현실의 돈을 넣고 뽑기를 하면 게임의 아이템이 나오는 그거잖아요? 설마, 그걸 하려고요?"

"당연하지 않은가. 그럼 그 외에 뭘 하라는 것이냐."

뽑기라는 것은 세가와가 말한 대로 현실의 돈을 쏟아 부어서 랜덤으로 게임 속의 아이템을 산다는 행위 전반을 가리키는 말이다. 기본적으로 무료인 게임의 주요수입원이기도 하며, 월정액제이면서 아이템 유료결제 시스템도 갖춘, 이른바 하이브리드 유료결제형 게임의 부수입원이기도 하다.

참고로 나는 그렇게 자주 하지 않는다. 그게 돈도 없고, 거기 쏟아 붓는 돈도 아까우니까.

"아니. 뽑기만 추가되다니 그건 너무하잖아."

"저도 뽑기라는 거, 해 본 적이 없어요."

돈이 아까워서요. 아코는 곤란하다는 듯이 그렇게 말했다.

"무슨 바보 같은 말을 하는 것이냐! 잘 들어라. 뽑기라는 것은 적은 돈으로 꿈에 도전할 수 있는 모든 온라인 게임 유저의 희망이란 말이다!"

마스터는 열변을 토해냈다. 냈지만…… 아니, 기본적으로 절망밖에 되지 않을까 싶은데.

"나도 뽑기는 하지 않아. 바보 같잖아."

"어, 어리석군…… 보아라. 오늘의 뽑기를. 지금부터 24시간 한정으로 너희가 갖고 싶어 했던 그 아이템의 나올 확률이 무려 초절(超絶), 초절, 초절이다! 출현확률이 올라갔단 말이다!"

뭐야, 그 초절×3. 완전 수상해.

"그거, 그거잖아. 갖고 싶은 아이템이 아니라 똑같이 나올 확률이 올라간 다른 아이템만 나오는 그런 종류일 거라고."

"무슨 말을 하는 거냐! 운영진의 지시에는 틀림이 없다. 이벤트를 바보취급 하는 녀석은 용서하지 않겠다!"

그 쓸데없는 기백, 좀 무서운데.

"저기, 저기요!"

아코가 여기요여기요 하고 손을 흔들며 말했다.

"마스터. 저, 돈은 없지만 그 뽑기를 해보고 싶어요!"

"오오, 역시 아코는 장래가 촉망되는군! 좋다. 내가 아코의 계정으로 결제를 해주지."

진짜? 그럼 나도 하고 싶어! 나도 한 번 뽑기를 해보고 싶어!

"잠깐잠깐잠깐. 그럼 내 걸로도 해 줘!"

"너희는 자존심이라는 것도 없는 거야!"

무슨 그런 실례되는 소리를. 우리는 딱히 마스터를 뜯어먹으려고 하는 게 아니라고.

관심 없다고 하긴 했지만 역시 한 번은 해 보고 싶다는 것뿐이었다.

"괜찮아괜찮아. 나오는 아이템은 제대로 마스터에게 줄 테니까."

"그렇다면야 뭐……."

"예?"

"……응?"

아코가 믿을 수 없다는 말을 들었다는 얼굴로 나를 돌아보았다.

"잠깐. 네 신부는 그냥 자기가 먹으려는 생각 같은데."

"아코 이 녀석. 난 그런 창피한 신부를 둔 적 없다."

"아뇨아뇨. 저도 제가 그냥 먹을 생각은 없었, 어, 요."

시선을 외면한 채 그렇게 더듬대며 말해봤자 손톱만큼도 믿을 수 없다고.

그리고 그 사이, 결제를 마쳤는지 마스터가 신이 나서 마우스를 쥔 손을 들어올렸다.

"좋아. 자, 이제 뽑자! 오늘은 온라인 게임부 항례의 백회 연속 뽑기다!"

"오오. 좋았어!"

"마스터, 멋져요!"

"잠깐만요! 영문도 모르는 이상한 걸 늘 하던 일로 만들 — 니들도 부추기지 마!"

"왜 나는 레어 아이템이 하나도 안 나왔던 걸까요. 재추첨을 요구합니다."

"아무래도 네 자신의 운이라고밖에 볼 수가 없다……."

집으로 돌아가는 길. 나는 의기소침해진 아코를 위로했다.

뽑기 결과, 아이템 출현 확률은 초절, 초절, 초절! 이었다. 레어 아이템이 나오기 쉬울 터인 뽑기에서 아코는 무엇 하나 쓸 만한 아이템을 건지지 못했다. 평범하게 생각한다면 있을 수 없는 확률로, 처음에는 웃던 우리도 도중부터는 얼굴이 파랗게 질렸을 정도였다.

『다음에는 나올 거야, 다음에는! 괜찮아. 알겠지? 그러니까 좀 더 해 보자.』

뽑기에 부정적이었던 세가와가 필사적으로 아코를 달래면서 뽑기를 뽑게 하는 광경은 쬐끔 재미있었지만.

"이거, 내 인생이랑 똑같네요. 하나같이 다 뽑기운이 너무 안 좋아요. 가끔 생각하는데 내 인생만 특별히 독자적인 사양으로 돼 있는 게 틀림없어요. 현지화한 결과, 왜인지 본국과는 비교할 수 없을 정도로 빡세진 해외산 온라인 게임 같이."

"괜찮아. 누구나 인생은 너랑 똑같이 빡세니까."

"거지같은 게임이에요…… 확 그만두고 싶어……."

"조금만 더 계속하자."

인생 오프라인이 얼마나 거지같은지는 잘 알았기 때문에 굳이 말할 것도 없었지만.

요컨대, 현대통신전자 유희부는 오늘도 평소와 똑같았으며, 아코도 딱히 달라진 것이 없었다.

다시 말해 그다지 나아진 것이 없었다.

아코가 선생님을 찌르려 했던 『루시안 비켜주세요 그 녀석을 죽일 수 없잖아요』사건이 있은 지 며칠이 지났다.

내가 받은 큰 충격과는 달리, 바뀐 점이라고는 평소의 생활이 『학교에서 돌아와서 온라인 게임을 한다』에서 『학교에서 온라인 게임을 하고 돌아와 또 온라인 게임을 한다』로 바뀐 것뿐이었다.

그 외에는 여자아이와 함께 집에 돌아간다는, 조금은 기쁜 이벤트가 추가된 정도였다.

"운 능력치만 있다면…… 운만 있다면 인생도 해나갈 수 있을 거예요."

그 상대인 아코는 도저히 평범한 여자아이가 아니었지만.

온라인 게임의 심오한 화제를 따라올 수 있는 여고생은 그렇게 많지 않을 거야.

"하지만 온라인 게임에서 운 능력치는 대개 다른 능력치를 올리고 남은 포인트를 처리한다는 의미밖에 없지."

"레어 아이템의 출현율이 올라갈 때도 있는 것 같던데요."

"아코한테 온몸을 운 속성의 장비로 감싸고 인스턴스 던전을 계속 빙빙 돌 근성이 있어?"

"그런 말은 하지 않는 거예요."

헤에, 하고 아코는 맥 빠진 미소를 지어보였다.

거기서 노력을 하지 않으니까 결과가 안 따르는 거잖아. 온라인 게임 같은 건 계속 하고 있으면 그 사이 레벨은 올라가니까.

"그건 그렇지만, 느긋하게 여유를 부리면서 해도 결국은 강해질 수 있다는 건 온라인 게임의 좋은 점 같아."

"현실에서 그렇게 여유 떨면서 살면 약해지죠."

그게 이상하단 말이지, 인생 오프라인 게임.

그냥 놔두면 왜인지 능력치가 내려간단 말이야.

"인생 오프라인 쪽도 레벨이라든가 능력을 알 수 있으면 훨씬 하고픈 마음이 들 텐데 말이지. 지력이 올라갔다든가, 체력이 붙었다든가 하고 말이야."

"그리고 스킬 일람을 보면 의사소통 스킬이 아직 미취득 상태로 남아 있겠죠."

"스킬 습득 퀘스트를 빨리 플리즈!"

바로 익히지 않으면 절망적이니까! 스킬을 익혀두지 않으면 뭘 하든 레벨이 올라가지 않으니까!

"실제로는 운동 테스트라든가 학력 테스트로 우리의 능력도 제대로 수치화되고 있겠지만요."

"그건 진정한 내가 아니라고."

"그렇긴 하죠."

알고는 있지만 인정할 수는 없다. 분명히 수치는 거짓말을 하지 않지만 말이지.

아코가 나와 같이 한숨을 쉬고는 말했다.

"나도 알고는 있어요. 좀 더 제대로 해야 한다는 걸요. 안 그러면 루시안에게도 폐를 끼치고 말이죠."

"나한테 폐를 끼치는 것 정도는 괜찮은데."

나아진 것이 없다고 말은 해도 아코도 노력은 하고 있었다.

현실의 나를 게임 속의 『루시안』처럼 대하는 점은 여전했지만, 그렇기 때문에 나와 함께 노력하려고 하고 있었다. 학교에도 제대로 나오고 있었다.

다만 문제는, 노력하자고 생각한 몇 분 뒤에는 바로 『역시 됐어.』라고 귀찮아하는 오타쿠 특유의 유감스러운 성질이 아코에게도 있는 것이다.

"오히려 인생을 포기하는 선택지도 있죠."

"선택지에 포함돼 있지 않은 걸 억지로 끼워 넣으려 하지 말도록."

현실을 버리면 안 됩니다.

"왜 현실을 버리면 안 되는 거죠! 인터넷은 제2의 세계란 말이에요! 2위라도 괜찮잖아요!"

"나는 1위를 목표로 하는 아코를 좋아해."

"좋을 대로 놀아나는 기분이 드는데도 1위를 목표로 노력할 수 있을 것 같은 자신이 싫어요!"

하지만 나는 네 그런 면이 좋아. 말하지는 않겠지만.

"오늘은 쌍쌍바나 사서 돌아갈까?"

"둘이서 반씩 나눠먹는 거군요."

"그래. 리얼충 같지#3?"

나는 눈을 빛내는 아코의 등을 밀었다.

나 역시 누군가에게 자랑할 수 있을 정도로 훌륭한 인간은 아니었다. 하지만 이렇게 아코의 등을 밀면서 천천히 앞으로 나아가면 좋겠다, 그렇게 몰래 생각하고 있었다.

†††　†††　†††

◆루시안 : 너희들. 오늘은 사냥하러 갈 거냐?

늘 모이는 마을의 늘 모이는 찻집. 완전 무장한 상태로 늘 앉는 자리 앞에 선 나 루시안의 말에 길드 멤버들이 축 늘어진 기색으로 얼굴을 들었다.

◆슈바인: 아, 난 패스. 뭣보다 부활동으로 차고 넘칠 정도로 열심히 했으니까.

#3 리얼충 현실, 특히 연애나 일에 충실한 사람을 일컫는 말.

◆아코 : 루시안. 천천히 해도 괜찮아요.

그렇게 말하며 아코가 축 늘어진 기색으로 내게 기대왔다. 나는 몸을 옆으로 이동시켜 그것을 피했다. 데굴. 기댈 곳을 찾지 못한 아코가 바닥에 구르고, 아코는 원망스러운 눈초리로 나를 올려보았다. 그런 부분에서만 쓸데없이 동작 제어가 빠릿빠릿했다.

◆루시안 : 다들 완전히 늘어졌구만.

◆애플리코트 : 뭐 그 마음을 모르는 건 아니다만.

비교적 팔팔한 마스터가 쓴웃음을 지으며 말했다.

그러고 보면, 이렇게 집에 돌아온 후에 게임 할 의욕이 조금 줄어든 것도 부활동의 폐해인 것일까.

지금까지는 학교에 있는 동안에 좀 더 게임을 하고 싶어! 하는 의욕을 흘러넘칠 정도로 드높이면서 집에 돌아왔고, 로그인을 하면 기운차게 던전을 돌아다니곤 했다. 게임을 즐기기 위해 학교 공부를 열심히 한다는 그런 느낌으로 말이다.

그러던 것이 지금은 그 열기를 부활동에서 다 쓰고 집에 돌아오고 있었다. 완전 문화계인 주제에 체육계 클럽에 들어가서 부활동으로 완전히 다 불타버린 학생처럼, 다들 집에 돌아온 시점에서 완전히 현자 모드였다.

결과적으로 로그인 한 순간부터 『오늘은 대충대충 할까』라는 분위기가 돼 버리는 것이다.

◆슈바인 : 아, 젠장. 오늘 목표치까지 300k 남았는데, 사냥 가기 싫다. 우, 으으. ……야, 루시안. 내 대신 경험치 좀 벌어 와라.

◆루시안 : 스스로 가라, 스스로.

어떻게 다른 사람 몫까지 사냥을 하라는 건가.

사냥까지 남에게 맡기다니, 완전히 제대로 늘어졌구만.

◆슈바인 : 그게, 너 아코가 느긋하게 수다 떠는 사이, 루시안이 경험치를 버는 형태로 레벨 올린 적 있잖아.

◆아코 : 아, 그건 생각만 해도 침이 줄줄 나와요. 할 수 있으면 또 하고 싶어요.

◆루시안 : 너는 좀 더 게임을 진지하게 해라.

안전한 곳에서 기다리고 있으면 파트너가 사냥을 해서 내 레벨까지 자동으로 올라가는 형식의 온라인 게임에 익숙해지면 안 돼요.

◆슈바인 : 그럼 오늘은 됐어. 이 몸의 오늘 게임은 이걸로 끝.

◆아코 : 슈 종료 알림.

◆애플리코트 : 슈바인 씨의 다음 작품을 기대해 주십시오.

사냥만이 아니라 게임 안에서의 슈의 활동 자체가 중단된 것처럼 됐다만. 괜찮은 거냐.

하지만 일방적으로 활동이 종료된 슈는 후아 하고 하품을

하더니,

◆슈바인 : 종료라고 하니까 생각났는데, 곧 있으면 시험기간이로군.

현실도 종료해 버리고 싶은 알림과도 같은 소리를 했다.

◆애플리코트 : 음. 고문 선생님에 대한 체면도 있으니 다들 성적은 떨어뜨리지 않도록.

◆루시안 : 게임 안에서 완전 현실미 넘치는 얘기가 시작됐다.

◆아코 : 시, 시험…….

아, 한 사람이 그대로 얼어붙었다.

거야, 우울한 얘기이긴 하지만 그렇다고 말을 잃을 정도인가?

◆루시안 : 그러고 보니, 아코는 성적이 어때?

◆아코 : 나쁜데요. 좋을 거라고 생각했나요?

그, 그걸 저한테 물으셔도 할 말이 없습니다만.

아코는 이쪽이 놀랄 정도로 바로 대답했다. 그것도 오히려 적반하장격으로 자기가 화를 내는 것 같은 분위기로. 그런데, 아코가 이렇게 말할 때에는 기본적으로 정말로 위험한 것 같은데 말이지.

◆슈바인 : 구체적으로 얼마나 나쁜 거냐? 뭣하다면 이 몸이 가르쳐 줄 수도 있다만.

◆아코 : 알기 쉽게 말하면 루시안을 선배라고 부를 가능

성이 있을 정도로 나빠요.

　◆루시안 : 엄청 나쁘구나…….

　아무리 그래도 유급은 위험하잖아. 유급하면 지금 이상으로 학교에 적응하기 힘들어질 것 같은데. 게다가 원래는 우리랑 같이 갈 터인 수학여행이나 그런 학교 행사도 다 따로따로 하게 될 거란 말이다.

　◆아코 : 하지만 루시안을 선배라고 부를 수 있다는 것에는 조금 로망이 있어요. 어떻게 생각하나요? 선배님.

　◆루시안 : 그거야, 너…….

　그 말을 듣고 위로 치켜뜬 눈으로 나를 쳐다보며 『선배님♡』라고 부르는 아코를 상상해 보았다.

　◆루시안 : ……조금은 동경한다.

　◆아코 : 알았습니다. 맡겨주세요!

　◆애플리코트 : 이 녀석들. 내 부원들이 유급이라니, 그런 건 용납하지 못한다.

　괘, 괜찮아괜찮아. 진심으로 하는 소리가 아니니까.

　나도 그런 건 용납하지 않을 테니까.

　◆슈바인 : 참고로 자랑은 아니지만, 이 몸은 점수가 평균점 아래로 내려가 본 적이 없다.

　슈가 가슴을 펴며 잘난 척 그렇게 말했다. 야, 잠깐만 그말의 어디가 자랑이 아니라는 건지 한 번 설명해 봐라.

　◆애플리코트 : 그렇게 말한다면야, 나도 자랑은 아니지만

전교 10등 이하로 떨어져 본 적이 없다.

　◆아코 :

　◆아코 :

　◆아코 :

　◆아코 :

　◆아코 :

　◆아코 :

　◆아코 :

　◆루시안 : 진정해, 아코. 짜증난다고 공백발언으로 로그를 낭비하지 마!

　지나가는 사람들이 짜증낸다고!

　◆아코 : 그치만 엘리트라구요. 엘리트가 있다구요. 이 사람들만 없으면 내 등수가 한 등수 올라가지 않을까요? 처치해 버려야 하는 거 아닐까요?

　◆루시안 : 밑에서 세면 달라지는 거 없으니 관둬.

　◆아코 : 우.

　아코는 풀이 죽은 모습으로 포기했다.

　◆애플리코트 : 너희는 그나마 나은 걸 거다. 같은 학년끼리 모여서 스터디라도 하면 될 테니. 나는 시험공부도 혼자 한다. 게다가 채점이 끝난 시험지를 돌려받을 때에도 다들 돌려받은 답안지를 서로 보이며 꺅꺅대는 가운데, 혼자 묵묵히 평균을 내보고는 히죽거린단 말이다. 이 얼마나 허무한

가. 너희, 이런 나한테 이길 수 있다는 건가?

학생회장으로서는 틀림없이 존경을 모으고 있는데도 실제로는 친한 친구라고는 전혀 없는 마스터의 말에 아코는 한마디로 응수했다.

◆아코 : 지난 번 시험은 혼자서 양호실에서 봤어요.

◆애플리코트 : 미안하다. 내가 졌다.

◆슈바인 : 세상에…….

◆루시안 : 그건 정말 심한걸.

어마어마한 파괴력에 우리는 모두 침몰했다.

아코. 그 말은 위력이 최종병기급이잖아. 가볍게 휘둘러도 되는 흉기가 아니라고.

것보다, 애초에 시험에 나오는 문제들은 아무래도 좋을 내용이 너무 많아. 좀 더 말이지, 학생의 적성에 맞춘 내용으로 해달라고.

◆루시안 : 아. 시험에 게임 얘기가 나오면 좋은데. 예를 들면 리자드 울프의 종족과 특성을 쓰시오, 라든가.

◆슈바인 : 종족 동물, 속성은 불 레벨2.

◆루시안 : 정답. 슈, 5점 획득.

◆슈바인 : 이 몸에게는 너무 쉬운 문제였군 그래.

과연 엘리트는 격이 달랐다.

문제가 간단하다고 해도 그 자리에서 바로 대답하다니, 훌륭했다.

◆아코 : 저기, 종족과 속성이라니 그게 뭐죠?

그리고 이쪽은 참으로 한심했다.

내 신부이니 내 책임인가, 이건.

◆루시안 : 아코는 1년 추가로군.

◆아코 : 예에에에에에?

아코는 한 발 앞서 LA에서 유급이 확정. 1년 다시하기 코스를 밟게 되었다.

◆루시안 : 오히려 어떻게 그걸 모를 수 있는 거냐. 속성 방어구라든가 종족 장비라든가 만든 적이 있을 거 아냐.

◆아코 : 아뇨. 그게, 언젠가 기억해 두긴 해야겠지, 그렇게 생각하긴 했어요. 외워둘 마음은 분명히 있었다고요.

그거, 그래놓고 아무 것도 하지 않지. 그래. 나도 잘 알아.

그게, 나도 자주 그래서 고생하거든. 내일부터 해야지, 내일부터 라고 말이야.

◆애플리코트 : 장비를 한계까지 강화하면 그런 것은 이제 별로 상관없어진다. 어디를 가든 필요한 만큼은 견뎌주니까 말이지.

◆루시안 : 강화에도 한계가 있잖아. 그 이상의 강화에 실패하면 부서져서 오히려 장비를 잃게 된다고.

◆애플리코트 : 그런 루시안에게 강화에 실패해도 장비나 아이템을 잃어버리지 않게 해 주는 유료 아이템을.

추천해도 못 사.

장비강화에 쓰이는 소재 아이템은 한 번 사 모으기 시작하면 끝이 없잖아.

◆애플리코트 : 함께 쓰면 기쁘게도 장비의 강화 성공률이 올라가는 아이템도 있다. 세트로 사면 약간 싸지는 것처럼 보이지만 실제로는 별로 달라지는 건 없다. 애초에 비싸거든.

◆루시안 : 그런 정보는 필요 없어. 좀 더 쓸 만한 정보를 달라고.

◆애플리코트 : 시험지는 교무실 금고 안에 보관해두는데, 그 금고번호는 3528894다.

◆아코 : 진짜가요!

◆애플리코트 : 뻥이다.

◆아코 : 왜 거짓말을 한 거죠! 왜! 왜 내 마음을 배신한 건가요?

◆루시안 : 애초에 아코에게 쓸데없는 정보를 주지 마!

이상한 소리를 해서 진짜로 금고를 열러 가면 어쩌려고 그래! 유급을 넘어서 단번에 퇴학당할 거 아냐!

◆슈바인 : 먼저 말을 꺼내놓고 이런 말을 하는 것도 좀 뭣하지만, 이 얘기, 굳이 게임 안에서 할 필요 없잖아?

문득 슈가 그런 얘기를 했다.

아, 이거 슈바인이 아니라 세가와다. 딱히 슈와 세가와를 구별하는 것은 아니었지만, 어조가 알기 쉬운 만큼 금방 알 수 있었다.

◆애플리코트 : 그럼 스카이프, 팀 스피크, 멈블 같은 걸 도입해서 음성채팅으로 전환해도 좋다만.

◆루시안 : 아, 그거 괜찮을 것 같은데.

어차피 부실에서는 채팅이 아니라 목소리로 얘기를 주고받고 있으니, 집에서도 평범하게 대화하는 것이 괜찮을지도 모른다. 그 편이 더 편하고 또 여자아이와 전화한다는 느낌이— 잠깐, 안 돼! 이런 사고는 해서는 안 돼! 게임과 현실은 별개. 게임과 현실은 별개.

나는 그렇게 스스로 반성했다. 그러고 있으려니, 슈바인이 정말 싫다는 어조로 이렇게 말했다.

◆슈바인 : 예에? 방에서 혼자 컴퓨터에 대고 얘기를 걸거나 하면 주변 사람들이 이상하게 쳐다볼 거 아니에요. 그런 건 사양이에요.

뭐라고오오오오오?

지금 뭐라고 했냐? 이 자식, 어떻게 그런 심한 소리를 할 수 있는 거냐!

◆루시안 : 너, 나한테 사과해! 전 세계의 나한테 사과해!

◆아코 : 루시안. 음성채팅을 해 본 적이 있나요?

그래, 있어. 있다고. 그게 뭐 잘못이냐?

나는 모두와 음성채팅을 즐겼어. 분명히 방에서 혼자 떠들긴 했지만 그건 전화도 마찬가지잖아.

애초에 혼자가 아니라고. 나는 혼자서 떠들었던 게 아니야. 혼자 게임을 했던 게 아니라고.

◆루시안 : 혼자가 아니라고…….

◆아코 : 잘 모르겠네요. 잘은 모르겠지만 그 말에서 엄청난 슬픔이 느껴져요!

◆루시안 : 슬프지 않아! 슬프지 않다고!

루시안— 내 캐릭터가 훌쩍훌쩍 힘없이 울자 그것을 본 마스터는 어깨를 으쓱해 보였고 슈바인은 히죽거렸다. 그리고 아코는 착하지착하지 하고 루시안의 머리를 쓰다듬으며 하트 마크를 날렸다.

◆애플리코트 : 실제로 온라인 게임에는 이런 동작을 구현할 수 있는 고급 채팅 도구로 사용하는 사람도 많다. 그러니 이야기만 하고 있다고 해서 별 문제는 없을 거다.

◆루시안 : 이 게임도 서비스를 시작한 지 시간이 꽤 지난데다가, 신규 유저도 거의 없어서 사람이 계속 줄고 있긴 하지.

◆아코 : 이 게임을 하는 사람, 줄고 있나요?

◆루시안 : 아코가 그렇게 생각하지 않는다는 건 좋은 게임이라는 뜻이야.

아코가 LA를 시작했을 때에는 이미 서비스가 시작된 지 몇 년이 지나있었다. 그 뒤로 1년. 딱히 이용하는 사람이 줄어든 것처럼 보이지 않는다는 것은 그만큼 고정고객이 남아 있다는 뜻이었다. LA는 이미 합작이나 광고, 교묘한 유료

결제로 돈을 쥐어짜내면서 그럭저럭 버틸 수 있는 단계에 들어서 있었다. 이렇게 말하면 나쁜 일처럼 들리겠지만, 실제로는 좋은 일이었다. 세상에 서비스 종료만큼 쓸쓸한 일은 없으니까 말이다.

◆루시안 : 온라인 게임은 운이 나쁘면 난데없이 『정기점검에서 데이터를 다 날리는 바람에 오늘자로 서비스 종료합니다.』라고 말하니까 말이야.

◆슈바인 : 야. 그 게임, 완전 장난 아닌데. ㅋ

◆루시안 : 더 운이 나쁘면 게임을 인스톨하면 OS가 날아가는 일도 발생하지.

◆애플리코트 : 돌파해서는 안 되는 벽을 돌파해버렸군…….

하늘을 찔러 버렸으니 어쩔 수가 없는 일이었다. 그대로 게임 자체도 서비스 되지 않았던 일도 역시나 별 수 없는 일이었다.

◆아코 : 하아…… 학교도 내일 정기점검을 하지 않으려나요.

◆루시안 : 있을 수 없는 희망은 아예 갖지 마.

◆아코 : 우우. 그나마 루시안에게 놀러가는 것이 유일한 낙이에요.

오지 마. 아니, 절대로 오지 말라고까지는 말할 생각이 없지만 우리, 네 반에서 친구를 만들자.

◆아코 : 아, 도시락 싸갈게요. 뭔가 먹고 싶은 게 있나요?

재료가 냉장고에 있으면 만들어 갈게요.

◆루시안 : 거기에 들이는 수고로 공부와 친구 만들기에 힘써줬으면 해.

◆아코 : 알았습니다. 체력이 붙도록 마늘을 듬뿍 넣을게요.

◆루시안 : 너, 나한테 마늘냄새가 풀풀 나게 해서 내 친구들을 다 떼어낼 생각인 거냐!

이 지능범 같으니라고! 맛있어 보이는 것이 눈앞에 있으면 나도 모르게 먹게 될 거 아냐!

◆슈바인 : 그건 니들 좋을 대로 해. 이 몸은 가서 자련다.

◆애플리코트 : 나는 혼자서 사냥이나 하고 올까.

◆루시안 : 니들, 날 버리는 거냐! 동료라고 생각했는데!

길드 멤버들은 비정했다.

하지만, 추측이지만 이것도 내게 협력해주는 것이리라.

게임 안에서 게임과 현실의 얘기를 섞어서 이야기 해 아코를 현실에 적응시키자, 라는 뭐 그런 것이겠지.

"……왠지 아무 생각도 안 하고 있는 것뿐이라는 생각이 드는걸."

뭐, 그렇다고 하더라도 즐거우니까 상관은 없지만.

††† ††† †††

"안녕."

나는 책상 위에 가방을 올려놓으며 가까이에 있는 남학생들에게 인사를 건넸다. 그러자 그 녀석들은 생글생글 웃으며 대꾸했다.

"여, 니시무라. 네 신부는 아직 안 왔다."

"굿모닝. 니시무라 루시안."

"제발그만해주세요죽을것같아요."

내 마음이 죽어버리겠어요.

"그러니까 죽으라는 거잖아. 알아서 눈치 좀 까라."

"죽으라고까지는 하지 않겠지만, 어쨌든 일단 불행해져라."

"니들, 너무 솔직한 거 아니냐."

너무나 심한 대우다. 뿐만 아니라, 반 녀석들이 보내오는 시선도 엄청 무서웠다.

사실 요즘 반에서의 내 처지가 아주 미묘했다. 지금까지는 이러니저러니 해도 아무 해가 없는 공개된 오타쿠로서 대우받고 있었다. 그랬는데, 요즘에는 매일같이 나를 만나러 오는 아코의 영향인지—.

『있지, 니시무라. 여자 친구가 있다는 건 어떤 기분이냐?』

『오늘은 네 여친 안 오냐? 루—시—안—.』

『아. 어차피 두 사람만 있을 때에는 「오빠☆」라고 부르게 시키겠지. 크악!』

『메이드복을 입히고 「주인님☆」이라고 말하게 하겠지. 그

아이, 잘 어울릴 것 같으니 말이야!』

이렇게 엄청나게 심한 대접을 받고 있었다.

참나. 아코에게 오빠라고 부르도록 시킨 적 없어. 주인님이라든가 그렇게 부르게 한 적도 없고. 가끔씩 서방님이라든가 여보라든가 하는 말은 듣기는 하지만.

그런 연유에서, 나는 그 부당한 — 실제로 아코는 여자 친구도 뭣도 아니었기 때문에 이 대우는 실로 부당했다 — 대우에서 벗어나기 위해 현재 고군분투 중이었다.

아니, 사실 속으로 살짝 우월감을 느끼고 있기는 했지만 말이야. 그런 것은 겉으로 드러내지 않는 것이 세상을 사는 방법이었다.

"정말로 그 녀석은 여자 친구 같은 게 아니라 좋게 봐줘도 그냥 친구라니까."

"『그 녀석은 여자 친구 같은 게 아니야』라는 그런 말, 나도 한 번 해보고 싶다."

"아. 그 마음 나도 알지. 나도 말해보고 싶다."

젠장. 이 자식들, 사람 얘기를 전혀 안 듣고 있잖아.

"진짜로 니들이 생각하는 거랑 달라. 그냥 취미가 같은 친구라고. 실제로 다른 여자애들의 태도는 달라지지 않았잖아—."

"……안녕."

그때였다. 문득 옆에서 매우 기분 나쁜 목소리가 들려왔다.

일부러 낮은 목소리를 내고 있는 것 같았지만, 그래도 충분히 귀여운 귀에 익은 목소리였다.

나는 소리가 난 쪽을 쳐다보았다. 그러자 살짝 일부러 그러는 것처럼 생각될 정도로 싫은 얼굴을 한 세가와가 서 있었다. 이 몸은 전사 슈바인을 연기하는 소녀였다.

"안녕, 세가와."

나는 어젯밤에 막 얘기를 나눈 참인 파트너에게 그렇게 대꾸했다. 그랬더니.

"……칫."

혀를 찼다?

어? 게다가 그러기만 하고 그냥 가버리는 거야?

"지, 지금 세가와가 왜 이 녀석이 살아 있는 거야? 라고 말하는 것 같은 얼굴로 혀를 찼어!"

"우리의 니시무라가 돌아온 것 같은 기분이 들어."

"오오. 그래. 그런 분위기였어."

너희가 생각하는 나는 대체 어떤 녀석인 거냐?

뭔가의 행복을 거머쥐고 있으면 이미 내가 아닌 거냐?

나는 약간 우울해졌다. 그러고 있으려니 한 소녀가 눈앞에 얼굴을 들이댔다.

"미안해, 니시무라. 아카네, 방금 전까지는 기분이 좋았던 것 같았는데……."

"괜찮아. 늘 있는 일이니까."

세가와와 함께 교실에 들어선 같은 반 여학생이 일부러 나를 달래주었다.

아, 그러니까 전에도 세가와랑 같이 있던…… 그…… 그러니까…… A씨. 아직 이름도 몰랐지만, 역시 좋은 아이구나.

그건 그렇고 좀 곤란하게 됐는걸. 이름을 제대로 기억해뒀으면 좋았을 텐데.

"그런데 말이야. 니시무라랑 아카네, 사실은 꽤 사이가 좋은 거 아냐?"

"……어디를 봐서 그렇게 생각하는 건데?"

동요한 나머지 나는 한 순간 말을 더듬었다.

어, 뭐야. 다른 사람 눈에는 그렇게 보이는 거야?

"그게, 복도 끝에서 소곤거릴 때가 있잖아. 또 어제만 해도 매점에서 즐거운 것처럼 뭔가 얘기하고 있었고."

보이고 말았다!

어느 틈에, 대체 어디서 보고 있던 거냐!

"그건 딱히 별일 아닙니다."

"니시무라도 솔직한 편이구나."

A양이 쿡쿡 웃었다. 그 얼굴은 분명히 귀여웠지만 지금의 내게는 조금 무서웠다. 아, 리얼충입니다, 라고 말하는 것 같은, 좀 노는 여학생 같은 분위기가 나로서는 도통 익숙해지지 않았던 것이다. 아마 이것도 이 나름대로 플레이 스타일이 다르다는 뭐 그런 느낌인 거겠지.

"있지, 니시무라는 아카네랑 뭔가 있는 거야? 니시무라, 여자 친구가 있는 것 같던데 혹시 아카네랑 바람피우는 건가?"

"어쨌든 그 발언을 들은 세가와가 진심으로 화를 낼 정도로는 사이가 나빠. 진짜로."

"흐응. 흐응?"

뭐냐, 그 다 꿰뚫어봤다는 것 같은 미소는.

그만 해. 그 동년배라고는 생각할 수 없는, 뭔가의 경험을 쌓은 것 같은 눈으로 쳐다보면 마음이 진정되지 않는다고.

"나나코, 뭐 해. 니시무라 따위한테 상관하지 마."

"아, 응. 니시무라, 아카네 일로 뭔가 곤란한 일이 생기면 제대로 도와줘야 해?"

"예이예이. 내가 할 수 있는 일이라면 얼마든지."

여학생 A의 이름이 판명. 하지만 이름을 알아도 성을 모르면 소용없어.

아니, 사실 나도 여학생들의 이름을 모르는 것은 곤란하다고 생각해. 그게 말이지, 선생님이 "니시무라. 이 프린트 반 애들한테 좀 돌려줘라."라고 하셔서 프린트를 돌려주거나 할 때에 엄청 곤란하거든. 이름과 얼굴이 전혀 일치하지 않는다는 그런 거 말이야.

요전에만 해도 이 아키야마라는 애가 누구야? 난 그런 애 몰라! 라는 사태가 발생해서 가까이에 있던 여학생에게

"있지, 아키야마 자리가 어디야?"라고 물어서 책상 위에 올려놓는 방법을 쓰는 신세가 됐고 말이지. 정말이지 한 번 제대로 여자애들 이름을 확인해 둬야겠어.

내가 그렇게 고민하는 사이, 남학생 중 한 명이 세가와와 여학생 A 쪽을 바라보며 이렇게 말했다.

"우웅. 아키야마도 그렇고 우리 반도 의외로 물이 괜찮단 말이지."

네가 그 아키야마였던 거냐! 프린트, 직접 건네주지 못해서 미안해!

하지만…… 괜찮, 지 않을까? 나, 저런 아이 앞에 서면 필요 이상으로 긴장해서 피곤해질 것 같단 말이지. 오히려 아코처럼 자연체로 있을 수 있는 쪽이— 아니, 그런 얘기는 아니지만.

"그리고 보면 니시무라는 가끔 아키야마랑도 얘기를 하지?"

"그것도 그렇지만, 아키야마가 말한 것처럼 세가와하고도 좋은 느낌이잖아."

"오. 문어발? 문어발인 건가? 젠장. 열라 짜증나."

"아, 이거 니시무라의 신부에게 알려야겠어. 서방님이 문어발로 바람을 피고 있습니다, 라고 말이지."

남자 녀석들이 히죽히죽 웃었다. 이 녀석들, 사람을 이야깃거리로 삼다니.

물론 진심으로 그렇게 말하는 것이 아니라는 건 알아. 다들 세가와가 나를 보고 완전히 제대로 혀를 찬 일을 생생하게 기억하고 있을 테니까. 그렇긴 했지만, 역시 짜증이 밀려 올라오는 것도 사실이라는 거.

"야. 내가 그렇게―."

그런데 내가 그렇게 말했을 때였다. 갑자기 모두가 얼굴을 실룩였다.

그리고 등 뒤에서는 마치 지옥에서 울리는 것 같― 다기보다는 조금 달콤한, 하지만 명백히 차가운 살기가 담긴 목소리가 들려왔다.

"루시안…… 바람…… 피웠나요……?"

"여, 여. 아코. 안녕."

나는 천천히 돌아보며 그렇게 인사를 건넸다. 그런 내게 아코는 환하게 웃으면서 말했다.

"곤란하네요. 오늘은 준비를 안 해 왔는데 말이죠."

"준비라니, 무슨 준비?"

"이렇게, 이렇게, 이렇게 하는 준비 말이에요."

아코는 가공의 뭔가를 쥐고, 그 가공의 뭔가를 보이지 않는 표적에 쑤셔 박은 뒤 한 번 비틀었다가 빼는 동작을 묘하게 익숙한 손놀림으로 해보였다.

"역시 나 칼에 찔리는 거야?"

"아뇨. 찔리는 건 저 아키야마 씨예요."

"그것도 안 돼!"

날 찌르는 것보다 더 안 돼! 다른 사람에게 폐를 끼치지 마!

"방금 전의 그 얘기는 농담이야. 내가 여자관계에 그렇게 축복받았을 리 없잖아. 그렇지?"

나는 친구 녀석들을 돌아보며 그렇게 물었다. 그러자 다들 말없이 고개를 끄덕여보였다.

"그런가요. 다행이에요. 나도 원치 않는 죄를 짓지 않을 수 있었네요."

무서우니까 그만 해.

그런 내 시선을 알아차린 것일까, 아코는 살짝 곤란하다는 듯이 웃고는 고개를 흔들었다.

"농담이에요. 누군가를 죽이지 않을 수 있던 것보다 루시 안이 바람을 피지 않은 일 쪽이 훨씬 기뻐요."

그 부분을 정정해주기를 바랐던 것이 아니야.

그리고, 굳이 말하지는 않겠지만 여자관계에 축복받지 않았다는 말에는 아코, 너도 포함돼 있어. 너를 포함해도 축복받지는 않았다고.

"아, 저기. 아코 씨?"

"······응?"

그때, 문득 방금 전까지 나와 얘기를 하고 있던 남자 녀석 중 한 명이 스리슬쩍 아코에게 말을 걸었다.

아니, 말은 건 것은 좋은데, 왜 이름을 부르는 거냐. 잘난 척 하기는.

아, 뭐냐, 이거. 왠지 짜증이 나는데. 뭔가 엄청 개운치가 않아.

"아, 저기, 무슨 볼일이라도……."

명백히 싫다는 분위기를 내비치는 아코에게 녀석은 조금 부끄럽다는 듯이 웃어보였다.

"아니, 그게 성을 몰라서 말이야. 이름으로 불러서 곤란 했어?"

"아뇨, 그, 될 수 있으면……."

아코는 하하하, 하고 과장된 태도로 웃는 그 녀석을 위로 치켜 뜬 눈으로 쳐다보고는 작게, 하지만 딱 부러지는 목소 리로 말했다.

"될 수 있으면 말 걸지 말아주세요."

"흐극!"

아, 죽었다.

"다카사키!"

"다카사키! 중상이다! 위생병을 불러!"

"다카사키, 정신 차려. 다카사키!"

기절한 것처럼 쓰러지는 다카사키 — 아코에게 말을 건 녀석 — 을 주변의 남자 녀석들이 둘러싸고 간호했다.

하지만 가차 없는 일격이었으니 말이다. 중상을 넘어 즉

사했을 거다, 즉사.

나는 내가 그런 말을 들었다면 어땠을까 생각해 보았다. 그랬더니 저도 모르게 등줄기가 서늘해졌다. 상상하는 것만으로도 등골이 오싹했다. 하지만 왠지 몰라도 조금, 아주 조금 개운해진 것 같은 기분이 들었다.

"이, 있지 아코. 갑자기 이름을 불러서 마음에 들지 않은 건 알겠지만, 그래도 좀 다른 표현이라든가, 좀 다르게 타격을 주는 방법이 있잖아."

"아, 하지만, 루시안."

아코는 내 뺨으로 손을 뻗어왔다. 따뜻한 손의 감촉이 피부에 닿았다.

아코는 마치 확인하는 것처럼 광대뼈 아래쪽을 매만지더니 조금 부끄러워하는 기색으로 미소를 지었다.

"루시안. 조금 기뻐보였는걸요."

"그런 적 없습니다."

"왜 존댓말을 쓰는 거죠?"

"아무 것도 아닙니다."

"왜에죠?"

아무 것도 아니라면 아닌 거야!

"……기분 나빠."

그런 대화를 하는 우리를 조금 떨어진 곳에서 세가와가 무척 못마땅하다는 얼굴로 보고 있었다.

그리고 그 옆에 있는 아키야마 씨도 왠지 엄청나게 즐거워 보이는 얼굴로 우리와 세가와를 쳐다보고 있었다.

아마도 착각일 것이라고는 생각하지만 아키야마에게서 날아오는 조준점이 멋지게 우리를 포착하고 있는 것 같은, 그런 느낌이 들었다.

아, 그러니까, 기분 탓, 이겠지?

"으쌰. 오늘도 부활동을 열심히 하겠어. 너도 그럴 거지? 세가와."

"시끄러마늘냄새나기분나빠가까이오지마."

뭣이 어째!

남자는 냄새난다는 말을 들으면 생각한 것 이상으로 상처받는단 말이다!

"불평은 아코한테 해. 그 녀석, 진짜로 만들어왔다고."

아코에게 받은 도시락은 정말로 온통 마늘밭이었다. 반찬만이 아니라 밥에도 마늘이 들어 있었다. 대체 갈릭라이스라는 그 먹거리는 대체 뭐야? 향긋한 냄새에 후추가 뿌려져 있어서 엄청 맛있긴 했지만.

"이래봬도 꿈은 전업주부이거든요!"

자기 혼자서만 마늘을 거부한 아코는 가슴을 펴고 그렇게 말했다.

"그 방면으로는 노력하고 있구나, 너."

"편해지기 위한 노력이라면 얼마든지 할 수 있는 성격이라서요. 요리 스킬은 좀 높은 편이에요."

"뭐야. 그 이상한 노력의 방법은……."

아니, 세가와. 있어.

온라인 게임 플레이어 중에는 자주 있어. 그런 녀석들.

나도 아코의 말에 전적으로 동의해.

"효율 좋게 레벨을 올리기 위해서는 이 장비가 필요한데, 그것을 손에 넣기 위해서는 이 사냥터에 가야하고, 그러기 위해서는 이 스킬이 없으면 안 되며, 또 그 스킬을 사용하기 위해서는 이 직업을 키워야 할 필요가 있고, 그러기 위해서는 서브 캐릭터를 육성한다, 라는 식인데. 그런 노력을 들이는 것을 아까워하지 않는 녀석들이 있어."

"그러는 사이에 그냥 착실히 돈을 모아."

"그렇게 말하면 또 돈을 모으기 위한 캐릭터를 만드는 게 온라인 게임 플레이어지."

"전생의 업보구나……. 전생의 업보로 그렇게 손발이 고생하는 거야……."

전생의 업보가 없는 온라인 게임 유저는 없어. 그게 나의 지론이다.

"자. 모두에게 한 가지 보고할 것이 있다."

마스터가 짝짝 손뼉을 쳐서 모두의 주의를 끌더니 그렇게 말했다.

"사이토 고문 선생님에게서 오늘 교무회의에 대해 말씀이 있으셨다. 교무회의에서 우리 현대통신전자 유희부에 대한 의견도 나왔다고 한다."

"역시 그랬구나."

"그야, 이 학교의 가장 큰 걱정거리일 테니까 당연했을 거야."

그 말을 듣고 보니, 분명히 이 평화로운 학교에서 우등생이었던 학생회장이 갑자기 온라인 게임부 같은 것을 만들어서 활동을 시작했다는 일보다 더 큰 사건은 없을 것 같았다.

"하지만 사이토 고문 선생님도 우리 편이라 말이다. 제대로 반론을 해주셨다고 한다. 선생님 왈 — 현대통신전자 유희부가 만들어지면서 입학 때부터 부정기 등교 상태에 있던 1학년 여학생 약 한 명이 안정적으로 등교하게 되었다. 교사의 보살핌이 닿기 힘든 부분에서 훌륭하게 성과를 올리고 있다 — 라고 말이지."

"오, 오오……."

부정기 등교상태였던 1학년 여학생, 아코였다. 완전히 아코였다.

"아코를 말하는 거네……."

"아코로군……."

나는 세가와와 우울하게 얼굴을 마주보았다.

학교 측에서 아코를 다루는 방식이 완전히 문제라도 되

는 것 같았다.

큰 문제를 일으킨 학생회장의 클럽에 소속된 문제아. 그
곳에 소속된 우리는 괜찮은 것일까. 꽤 불안했다.

"거기에 아코의 담임 선생님도 문제의 학생이 제대로 등
교를 하게 되었고, 그 나름대로 반에 녹아들려 하고 있다고
하셨던 모양이다. 이거, 아코의 공이라는 점은 틀림없군."

"내 덕분인 거군요!"

"왜 네가 그렇게 자랑스러워하는 거냐?"

왜 모두에게 도움이 되었어요! 라고 말하는 것 같은 득의
양양한 얼굴을 하는 거야?

"덧붙여, 그 외에 선생님들의 입을 막는데 아주 크게 작
용한 요인이 또 하나 있다."

이것도 아코와 관련된 것이다만. 마스터는 그렇게 전제를
깔고 말을 이었다.

"그 학생의 어머니가 『입부한 이후로 딸아이가 즐거운 얼
굴로 학교에 가게 되었다. 고맙게 생각하고 있다』라고 전화
로 감사인사를 전해왔다는 것이다. 그렇게까지 말하니 선생
님들도 공공연하게 불평을 늘어놓을 수 없었다는 것 같다."

"엄마, 왜 그런 쓸데없는 짓을!"

득의양양해하던 아코의 얼굴이 순식간에 절망으로 일그
러졌다.

어머니도 기뻐하시는데 그렇게 실망하지 않아도 되잖아.

"좋은 어머니네. 널 걱정해 주신 거잖아."

"그럴 리가 없잖아요!"

"……뭐야, 엄마랑 사이가 나쁜 거야?"

아코는 진심으로 그렇게 말하는 것 같았다.

이거 쓸데없는 걸 물었나. 한 순간 나는 그렇게 생각했다. 하지만 내 질문에 아코는 고개를 절레절레 저었다.

"아뇨. 사이는 좋은 편이에요. 그런 의미가 아니라, 학교에 전화를 할 정도로 날 걱정하지는 않았다고 할까요."

웅. 아코는 고민하는 기색으로 기억을 더듬듯이 말했다.

"학교에 가고 싶으면 가는 편이 좋겠지만, 가기 싫으면 안 가도 되지 않을까? 그게 우리 엄마의 기본적인 태도예요. 학교에 적응하지 못하면 적당히 전학 시키면 된다, 뭐 그런 느낌이랄까요. 편입 시험에 합격할 수 있을 것 같지 않아서 그건 거절했지만요."

정말 적당주의인 어머니인걸. 세상에 그런 부모가 어디 있어.

"정말로 그런 식이었어……?"

"그게 말이죠. 우리 엄마라고요."

"설득력이 엄청난데."

아코의 어머니라는 점만으로도 납득할 수 있을 것 같다는 기분이 들었다. 지금보다 조금 더 성장한 아코가 "학교 같은 건 가지 않아도 괜찮아!"라고 열변하는 모습이 생생하게 상상이 되고 말이지.

"그러니까 뭔가 사정을 알아차리고 전화 한 것 같다는 느낌이 든단 말이에요. 정말이지 쓸데없는 짓을 했어요."

"결과만 놓고 본다면 우리가 도움을 받은 거잖아."

"그건 어쩌다가 그렇게 된 것뿐이에요!"

의아한 듯이 묻는 세가와에게 아코는 강하게 대답했다.

"가령 학교에 아무 문제도 없어서 미묘한 표정을 한 선생님에게 『어머니에게서 감사 전화가 왔다』라는 말을 듣는 것 같은, 내게는 즉사효과를 가진 공격이 날아온다고 해도 우리 엄마는 분명히 킬킬 웃기만 할 거라고요!"

"아니, 그럴 리는 없겠지. 아무리 그래도."

"그러니까, 우리 엄마라니까요."

"왠지 납득해 버릴 것 같으니까 그 말은 이제 그만 해."

오히려 네가 그렇게 할 것 같아…… 세가와가 작게 그렇게 중얼거렸다. 너도냐. 너도 그렇게 생각한 거냐.

"어쨌든, 아코를 교정한다는 목적이 교무실에서도 인정받았다는 거다. 이제 우리도 가슴을 펴고 활동할 수 있다."

"아코의 대승리인 거네요. 칭찬해도 돼요!"

그게 과연 대승리일까? 너의 대승리 기준은 좀 이상하지 않냐? 세상 사람들 눈으로 볼 때에는 패배자에 들어가지 않을까? 의문이 끊이질 않는다. 아코.

"그런데 아코. 일단 반에 녹아들려고 하고 있기는 하지?"

문득 세가와가 그런 것을 물었다. 그러고 보니 아까 그런 얘기가 나왔지. 노력하고 있다고.

"그게, 그, 퀘스트 난이도가 너무 높다고 해야 할까요. 애초에 퀘스트를 받을 수 있는 레벨에 도달하지 못했다고 해야 할까요. 어쩌면 필요한 스킬을 아직 익히지 못했을 수도 있고, 필요한 아이템이 인벤토리에 없는 걸지도 모르겠어요……."

"그러니까, 아직 성과가 없다는 거네."

"내 인생은 분명히 버그 때문에 제대로 작동하지 않는 걸 거예요. 어딘가 탈이 난 게 분명해요."

"아코. 안 됐지만 온라인 게임에서 『이거, 버그 아냐?』라고 생각되는 경우의 90%는 원래 그런 거다."

"수정 패치, 빨리 해 주세요."

아코는 풀이 죽어서 그렇게 말했다.

"사실, 게임만 있다면 그걸로 되지 않을까, 그렇게 생각하긴 하지만요."

"부정은 하지 않겠어."

"해. 넌 그러지 않으면 안 되잖아."

그렇긴 하지만, 사실 아코와 같은 의견이라서 말이야.

이미 나는 절반 이상 게임을 하기 위해 살고 있다고.

"만약 부활동이 없었으면 학교에는 절대로 오지 않았을 거예요."

"부활동 정도로 학교에 오려고 노력할 수 있다고 한다면야 좋지."

"그것도 그렇군. 힘내라."

"네—에."

동료가 있는 장소가 있다. 자신이 있을 수 있는 장소가
있다.

그저 그것만으로도 힘을 내고자 하는 마음을 먹을 수 있
다. 그런 점에서 자신이 있을 수 있는 장소가 있다는 것은
무척 소중한 일인 것 같았다.

"그럼 얼른 부활동을 시작하자구요. 내 저금이 예상을 훨
씬 밑돌고 있어요. 이러다가는 목표에 다다르지 못할 거
야!"

세가와는 강하게 그렇게 말하고는 LA를 기동했다. 여느
때와 같이 로그인 화면을 지나 익숙한 슈바인 캐릭터에 혼
이 깃든 직후.

콩콩 하고 문을 두드리는 소리가 났다.

"……응?"

세가와가 딱 움직임을 멈추었다.

자기 자리로 향하던 아코도 그 자세 그대로 굳어버렸다.

"지금, 누가, 온 거야?"

"온, 거죠?"

명백히 겁을 먹은 기색으로 아코와 세가와가 시선을 주고
받았다.

이 방에 올 부원 이외의 인간이라고 한다면 사이토 선생님 — =고양이공주 씨 — 정도밖에 없었다. 하지만 고문 선생님은 일부러 노크 같은 걸 하지는 않는다. 고문에게 보여서 곤란한 일 같은 걸 하고 있는 것이 아니니까 말이다. 그렇다면 명백히 외부인이 왔다는 것이 되는데.

"흠. 별일이 다 있군."

"별일 정도의 문제가 아니에요. 어떻게 하죠? 없는 척, 없는 척 해도 될까요?"

"있는데도 없는 척 하다니 이상하잖아. 이상하지만, 이 모습을 남에게 보일 수는 없으니…… 역시 없는 척 해야 하나?"

"둘 다 진정해."

아무도 없는 척은 할 수 없어.

만약 다른 선생님이면 어떻게 할 거냐고. 이제 겨우 우리 부를 관대히 봐주게 됐는데.

"예. 들어오세요."

"잠깐. 들어오세요가 아니잖……."

내 말에 반응해 드르륵 문이 열렸다.

열린 문 너머로 보인 것은 어렴풋이 기억에 있는 얼굴이었다.

"아, 역시 있다. 아카네."

"나, 나나코?"

나와 같은 반으로, 세가와와 자주 얘기를 하는 그, 왜,
아, 그러니까―.

"아, 아키야마!"

"안녕, 니시무라. ……왜 어려운 퀴즈를 맞힌 사람 같은
얼굴을 하고 있는 거야?"

"그런적없습니다."

"그, 그것보다, 그것보다."

믿을 수 없다는 것을 봤다는 얼굴로 얼어붙어 있던 세가
와가 녹슨 로봇과도 같은 움직임으로 아키야마에게로 돌아
섰다.

"뭐, 뭐 하는 거야? 나나코. 이런 곳에 뭐 하러 온 거
야?"

"그야 당연히 아카네를 찾으러 왔지~."

"나, 나?"

쩍하고 뭔가가 갈라지는 소리가 났다.

세가와는 부들부들 손을 떨며 자신을 가리켜보였다.

"응. 왠지 주변을 두리번거리면서 부실에 들어가기에 뭘
하나 싶어서 말이야."

"어, 어느 틈에 본 거야……."

"것보다, 역시 니시무라랑 뭔가 하고 있었잖아. 뭐야뭐
야? 컴퓨터?"

"―웃!"

망설임 없이 부실 안으로 들어오는 야키아마를 보고 아코가 눈을 크게 뜨며 몸을 굳혔다.

　그리고 마스터가 딱 부러지는 어조로 말했다.

　"컴퓨터를 사용하기는 하지만, 메인은 그게 아니다. 이곳은 현대통신전자 유희부의 부실— 다시 말해 온라인 게임부다!"

　"왜말한거야왜말한거야왜말한거야당시이이이이이이인!"

　세가와가 무시무시한 기세로 자리에서 일어나 마스터의 멱살을 붙잡고 앞뒤로 흔들어댔다.

　잔상이 남을 정도의 속도로 흔들리면서도 마스터는 쾌활하게 웃었다.

　"하하하. 온라인 게임을 한다는 사실을 누구에게도 거리낄 것은 없지 않은가. 슈바인도 가슴을 펴고 온라인 게임부의 부원이라고 말해도 상관없다."

　"나는 그거 사양한다고 말했잖아요오오오오오."

　어쩔 거야, 이 상황. 대혼란이라고 해야 할까 뭐라고 해야 할까. 일단 세가와의 멘탈 HP가 레드존에 돌입했다고.

　"아, 음. 니시무라? 뭐가 어떻게 돌아가고 있는 거야? 아카네랑 학생회장님, 그리고 타마키랑 다 같이 모여서 게임하고 있던 거야?"

　"뭐, 대충 그런 거야."

　"흐—응……."

아키야마는 세가와가 쓰고 있던 컴퓨터 모니터를 들여다보더니, 그곳에 표시된 슈바인의 화상을 보고 고개를 주억거렸다.

뭐, 활동내용은 잘못되지 않았어. 요컨대 이곳은 그런 부니까.

"잠깐. 지금 무슨 말을 하는 거야, 루시안!"

"아카네도 루시안이라고 부르는구나? 그거, 부원들끼리 부르는 별명 같은 거야?"

"꺄아아아아아아아."

"끼야호!"

아프잖아아아아!

너, 너 그렇게까지 하기야?

세가와 녀석. 아키야마의 앞에 있던 나를 있는 힘껏 걷어찼다.

"아냐아냐아냐아냐아! 나는 아니야! 부원이 아니야!"

마스터를 내던진 세가와는 아키야마에게 매달려서는 경련을 일으키는 것처럼 웃으면서 말했다.

"있지. 나는 엮이고 싶지 않았어. 하지만 고양이공주 선생님한테 이 녀석들을 돌봐달라고 부탁을 받아서 어쩔 수 없이 여기 있는 것뿐이야."

"고양이공주 선생님?"

"잘못 말했다. 그건 캐릭터 이름! 사이토 선생님 말이야!"

"……캐릭터?"

"그러니까 아니야. 정말로! 그러니까 그 왜, 너 같은 일반인이 이런 비뚤어진 세계에 와서 오염되지 않도록 내가 지키고 있는 거야! 그러니까 얼른 나가. 빨리 나가. 나가. 나가라고. 나가라고 말하잖아아아아!"

그 작은 몸 어디에 그런 힘이 숨어 있던 것인지 세가와는 자신보다 몸집이 두 배는 큰 아키야마를 억지로 문 쪽으로 잡아끌었다.

"어, 잠깐. 아카네. 기다—."

"자, 그럼 안녕! 조심해서 돌아가!"

쾅! 엄청난 소리와 함께 문이 닫혔다.

기세 좋게 문을 닫은 세가와는 그 자리에 주저앉았다.

"끝났어…… 내 고교생활…… 끝났어……."

"어쨌든 일단 수고했다."

"네가 안에 들여서 그런 거잖아!"

그러나 내게 쏟아 붓는 매도의 목소리에도 패기가 없었다. 정말로 의기소침해하는구나, 세가와.

세가와는 마치 하얗게 재가 된 것처럼 아주 녹초가 돼서 바닥에 주저앉아 있었다. 그런 세가와에게 나는 차마 그 자세, 팬티가 다 보여, 라고는 얘기할 수가 없었다. 평소라면 가차 없이 한 마디 했겠지만 오늘만큼은 동정을 베풀기로 했다. 그냥 조금 보는 걸로 끝내자. 음. 하얀색이로군.

"……그런데, 아코는? 왜 그래?"

나는 세가와가 아키야마를 밖으로 내쫓을 때까지 줄곧 굳어 있던 아코에게 물었다. 그랬더니.

"아뇨. 그게…… 자기가 있는 곳에 갑자기 타인이 들어오면…… 무섭지 않나요?

"아, 그거 알아."

여기는 내 영역이라고 생각한 곳에 당당하게 타인이 들어오면 굳어버리는 일은 분명히 있었다. 특히 상대가 리얼충스러운 녀석이라면 이런 현상은 더욱 일어나기 쉬웠다. 그리고 그렇게 되면 당당하게 행동하는 상대방이 주인이고 내가 곁다리인 것 같은 느낌까지 들었다.

"게다가 저렇게 날라리날라리한 사람…… 무리에요. 정말로 무리에요. 아코 특공무기예요."

"약점속성을 찔린 건가……."

그런데 날라리날라리하다니, 그건 대체 어떤 형용사냐. 대충 알 것 같긴 하지만.

"우우우. 루시안, 위로해주세요."

"아. 그래그래. 잘 했어."

나는 바짝 다가서는 아코를 적당히 쓰다듬었다.

그런 우리에게 힘이 다한 세가와가 『이 녀석들, 짜증나』라는 시선을 던져왔다. 아, 그 시선이 아프다.

"하나, 슈바인. 친구에게 온라인 게임에 대해 이야기하는 것이 그렇게 싫은 일인가? 단순한 취미이지 않은가. 대단한 문제는 아니잖아."

"그러게. 서브컬쳐 취미를 가진 여자도 이래저래 많은 것 같고 말이지."

"당신들한테는 그럴지 모르겠지만, 내게는 그렇지 않아.."

세가와는 바닥을 탁탁 두드리면서 우리를 노려보았다.

"살짝 서브컬쳐적인 취미를 갖고 있다는 정도라면 나도 얘기를 했을 거야. 뭐라고 하더라? 어릴 때부터 게임을 아주 좋아해서 하루 종일 게임을 하면서 지내는 날도 많아요. 꽤 매니악한 게임도 좋아하고, 그 중에서 특히 좋아하는 건 뭐시기 판타지예요, 정도라면 말이야!"

그거, 어디선가 들은 얘기인데.

"하지만, 그게 아니라고!!"

세가와는 버럭 고함을 질렀다.

"온라인 게임을 한다는 건 말이야. 많은 부담을 져야 해. 하나의 요소로 인간성이 결정돼 버린단 말이야. 온라인 게임을 한다는 건 만화, 애니메이션, 게임은 물론 성우, 인터넷의 2차 창작을 좋아하는 것에 더해 여자애라면 동인녀 속성까지 자동적으로 따라붙을 정도로 깊은 취미라고!"

"그, 그런 거야?"

"이 나이 또래의 여자애들을 얕보지 마. 한 번 딱지가 붙으면 앞으로의 학교생활에 얼마나 악영향을 끼칠지, 생각하기도 싫어…….”

공개적인 오타쿠라는 딱지가 좋은 의미로 위장이 돼 주고 있는 나와 비슷한 건가. 분명히 온라인 게임 오타쿠 딱지가 붙은 여고생은 생활이 좀 괴로울 것 같긴 했다.

“하지만 실제로 너 만화랑 애니메이션, 게임, 성우 얘기에도 잘 따라오잖아.”

“실제로 그러니까 더 곤란하다는 거잖아!”

아, 미, 미안.

아무래도 생각한 것 이상으로 절박한 모양이었다. 여자의 세계는 참 무시무시했다.

“하지만 이미 끝난 일이다. 자, 부활동을 시작하자.”

“지금 그럴 기분일 리가 없잖아요…… 아아, 내 고등학교 생활…….”

“저기, 액쫓기 대신 소금이라도 뿌리지 않을래요?”

“아코. 그 사람은 나랑 같은 반에, 또 그렇게 보여도 나쁜 사람이 아니야.”

난장판이로군. 예상외의 사태에 다들 놀라서 제멋대로 행동하고 있어.

결국 그날의 부활동은 게임을 거의 하지 않은 채 끝났다.

세가와가 겁먹은 기색으로 몇 번이나 휴대전화를 만지작거렸지만, 다행히도 그 취미를 야유하는 것 같은 메일은 하나도 오지 않은 것 같았다.

"그건 최종보스예요."

집으로 돌아가던 도중에 아코가 그렇게 말했다.

"오오. 갑자기 크게 나왔는걸."

세가와의 기운을 북돋아주는 것도 큰일이었지만, 진지하게 소금을 뿌리려고 하는 아코를 말리는 일도 한 고생이었다. 아무래도 아코는 그 『리얼충이 왔답니다☆』라고 말하는 것 같은, 밝고 빛나는 타입의 여자가 싫어서 참을 수가 없는 모양이었다. 아코답다고 하면 아코답다고 할 수 있었지만.

"최종보스라는 건 언젠가 그것을 쓰러뜨리겠다는 거냐? 그 용기는 가상하지만 아마도 아키야마는 꽤 강적일 거야."

"알아요. 그 빛나는 오라, 겁먹은 기색도 내보이지 않고 아무 곳에나 들어서는 그 분위기. 그 모든 것이 나로서는 다다를 수 없는 높은 경지에 있었어요."

하지만, 아코는 거세게 콧김을 내뿜으며 말을 이었다.

"빈부격차가 심화되는 것과 똑같아요. 지금 사회에서는 리얼충실도에 격차가 벌어지고 있어요. 우리는 언제까지고 자본가의 횡포를 용납하고 있을 수 없습니다. 우리는 부유층에 반기를 들어야만 해요. 그래요. 이것을 비(非)리얼충 혁명이라고 이름을 붙이도록 하죠."

왠지 그럴듯하니까 그만 해. 귀에 남잖아.

"그래서, 혁명이라고 한다는 건 리얼충을 비리얼로 떨어뜨리는 건가?"

"예. 그 사람들에게도 우리의 비애를 맛보게 하는 거예요."

"……그렇게 돼도 그 인종들은 하층에서 즐겁다는 듯이 지내기만 할 게 분명해."

"……위에 서 있을 터인 우리가 비참한 기분을 맛보게 되겠네요."

기본 능력치라는 건 무시할 수 없는 법이야. 그렇고말고.

"그런데 말이야. 마스터도 말했지만, 아코 너. 친구를 만들려고 노력하고 있는 거야?"

담임 선생님에게 전해들은 그대로 나는 그렇게 물어보았다.

아코도 아코 나름대로 노력하고 있다면 그 이상 기쁜 일은 없어.

"노력하고 있다고 해야 할까요, 우선 대답을 하려고 시도하고 있다고 해야 할까요."

"아직 그 단계인가……."

"길드 멤버들이랑은 평범하게 얘기할 수 있는데 말이죠……."

우리는 알고 지낸지 오래 됐으니까 말이야.

하지만 평범하게 노력하고 있는 것 같아서 안심했다. 사실은 좀 불안했단 말이지.

"아코는 타카사키…… 아침에 너한테 말 걸었던 녀석 말인데. 그 녀석을 일격에 침몰시켰으니까 말이야. 혹시 타카사키에게 한 것처럼, 기분 나쁘니까 이름 부르지 말라는 느낌으로 반 애들도 다 거부하고 있는 거 아닌가, 그렇게 생각했어."

"설마요. 그런 짓은 하지 않아요."

아코는 고개를 절레절레 저었다.

"그런 용기가 있었다면 인생을 좀 더 즐겁게 살고 있었을 거예요."

그것도 그러네. 지당한 말이야.

"그럼 그 녀석한테는 왜 그런 거야? 우리가 이름을 부르고 있어서 알아차리지 못했는데, 역시 남한테 아코라고 불리는 게 싫은 거야?"

"루시안이나 길드 멤버가 그렇게 부르는 건 괜찮아요. 하지만 모르는 사람이 그렇게 부르면 역시 기분이 좋지 않아요."

웅. 아코는 고민하는 얼굴로 고개를 살짝 갸우뚱했다.

"그게 그러니까, 그, 나는 분명히 아코이긴 하지만 당신한테 불리는 건 마음에 들지 않아, 라고 할까요. 우린 다운로드판 게임을 팔고는 있지만 네 국적이 마음에 들지 않아서 너희 나라에는 안 팔아, 라는 그런 거랑 비슷한 하다고 할까요."

"오마쿠니#4 흉내는 관둬."

많은 사람들이 그걸로 상처를 받고 있으니까. 곤란해 하고 있으니까. 다른 나라의 언어는 기본적으로 모두 선택할 수 있는데, 일본어를 선택하려고 하면 왜인지 특별히 돈을 더 내거나 해야 하니까.

하지만, 그렇긴 할 거야. 나도 모르는 녀석이 성이 아니라 이름을 부르면 기분이 이상해질 것 같으니까#5.

뭐, 애초에 이름으로 불린 경험이 거의 없지만.

"지금까지 루시안 이외에 친해진 남자가 없어서 누가 부르든 어색하게 느껴지는 것일지도 모르겠어요. 그 사람에게는 미안하다고 해야겠네요."

나뿐인가.

이거 영광이라고 해야 할지 뭐라고 해야 할지…….

"지금부터라도 타마키라고 불러줄까?"

"내가 우는 편이 좋은가요?"

"안 울어도 돼! 안 울어도 된다고!"

허가를 내리기도 전에 벌써 살짝 눈물을 글썽이고 있는데 말이지!

이 막무가내로 나를 따르는 모습이 조금은 무서워.

"덧붙여 세가와는 오타쿠라는 게 들통 나는 걸 엄청 신

#4 **오마쿠니(おま国)** 주로 온라인으로 판매되는 게임 등에서 전 세계에서 팔리고 있지만 지역 문제 때문에 일본에서는 구입할 수 없는 상태를 일컫는 속어.
#5 **성과 이름** 일본에서는 어지간히 친한 사이가 아니면 이름이 아닌 성을 부른다.

경 쓰고 있던데, 아코는 어때?"

"얘기 자체를 안 하는데 들통이 나네 마네 할 게 있을까요."

"……그렇구나."

곤란한 것은 세가와 뿐인가.

그나저나 그 녀석, 괜찮을까.

2장
초심자 육성전

그날 밤.

◆슈바인 : 자, 오늘도 힘내자. 이 몸에게는 이제 이 세계밖에 없다. 이 세계에서 천하를 손에 넣겠다.

슈바인은 평소보다 더 힘차게 대검을 휘두르며 불타오르고 있었다. 이미 현실은 버리고 LA의 세계에서 희망을 찾고 있는 것 같았다.

괜찮다니까. 소문 안 났다고. 아키야마는 그런 얘기를 퍼뜨리고 다닐 애가 아니야. 그야 뭐 친하질 않으니 실제로 어떤 애일지는 모르지만.

◆애플리코트 : 나는 슈바인이 의욕적이 돼서 기쁘다.

◆루시안 : 사냥을 나간다면야 같이 가주기는 하겠는데.

하지만 그렇게 말해도 슈바인은 평범한 온라인 게이머였다. 다들 진지하게 게임을 할 때에는 나와 마스터를 따라올 수 있을지 여부가 문제가 되지 않을까.

◆아코 : 이 세계밖에 없다는 말에는 동의합니다만, 굳이 천하를 손에 넣지 않아도 되지 않을까, 그런 생각이 드는데요. —어머?

그때 문득 아코가 가게 밖으로 시선을 주었다. 가게 밖에서 한 플레이어가 비틀비틀 흔들리는 걸음걸이로 주변을 돌아다니고 있었다.

흐응. 별일인걸.

우리 앨리 캣츠가 분명히 마을의 찻집 중 하나를 멋대로 거점으로 삼고 있긴 했지만 그렇다고 다양한 많은 사람들이 이용하는 편리한 장소에 눌러앉아 있는 것은 아니었다. 이 가게는 회복력도 미묘하고 퀘스트에도 사용할 수 없다는 수수께끼의 음료를 팔고 있을 뿐이었다. 다른 가게가 모여 있거나 사람들이 밀집된 메인로드에서도 멀리 떨어져 있어서 일부러 찾아오는 사람은 적은 장소였다.

그런 곳에 일부러 찾아오다니 별난 플레이어였다. 그랬는데, 그 플레이어의 외모가 왠지 눈에 익었다.

귀엽지만 딱히 특징이라고는 없는 기본에 가까운 얼굴. 검은색 머리카락에 포니테일이라는 수수한 머리모양. 천으로 된 옷에 갈색 바지를 입고 허리에는 나이프 한 자루만을 찬 매우 평범한 모습.

◆아코 : 저건 초심자일까요?

◆애플리코트 : 초기장비로군. 그리운걸.

그랬다. 말하자면 초기장비였다. 머리모양과 외모를 유료 결제를 하지 않고 적당히 만들면 이렇게 되겠지, 싶은 겉모습으로 이 게임의 경험자라면 누구나 익숙하다고 느낄 터였다. 움직임도 비틀비틀 걷다가 멈추고 비틀거리며 걷다가 멈추고 하는 것이 왠지 모르게 초심자 분위기가 났다.

◆아코 : 왠지 옛날의 저를 보는 것 같네요.

◆루시안 : 분명히 막 만났을 때의 아코는 저런 느낌이었지. 비틀비틀 돌아다니면서 주변을 두리번거리는 게 말이야.

◆슈바인 : 그러고 보니 이 몸과 처음 사냥을 갔을 때에도 너희 둘은 세트였지. 어떻게 만난 거냐?

슈바인이 그렇게 묻자 아코는 먼 산을 바라보는 눈을 하며 기도를 하듯이 양손을 마주잡았다.

◆아코 : 그건 어제 일처럼 분명하게 기억하고 있어요. 그건 운명적인 만남이었죠. 몬스터에게 습격당한 나를 루시안이 마치 왕자처럼─.

◆루시안 : 이 녀석. 멋대로 옛날 일을 미화시키지 마.

이 녀석이 어디서 약을 팔아. 우리의 첫 만남은 그런 훈훈한 얘기가 아니라고. 재미있는 일 따위 전혀 없이, 그저 아코가 마을에서 어슬렁거리기에 슬쩍 말을 걸어본 것뿐이었다. 지금도 머릿속에 생생하게 떠올릴 수 있었다. 초심자 아코의 그 매우 위태로운, 이 녀석은 내버려두면 위험할 것이라고 직감적으로 생각하게 할 정도의 모습.

이봐. 괜찮아? 그렇게 말을 걸자 아코는 잠시 동안 움직이지 않았다. 그러다가 겨우 말을 하나 싶었더니 내뱉은 대사는 『이거, 어떻게 하면 끝낼 수 있죠?』라는 것이었다. 지금 생각해도 참 한심한 얘기였다.

◆루시안 : 로그아웃 하는 방법을 가르쳐줬더니 인사도 안 하고 사라졌지. 그 다음날부터 왠지 화면 가장자리에 뭔가가 힐끗힐끗 보이는 게 누군가가 따라오는 것 같았는데, 그게 바로 아코였어.

◆애플리코트 : 다시 말해서 스토커였던 건가.

◆아코 : 다시 말해서 사랑이었던 거죠!

◆루시안 : 스토킹을 사랑이라는 한 마디로 긍정하지 마!

무엇을 해야 할지 몰라서 일단 자신을 구해준 나를 찾긴 찾았는데, 그래도 말을 걸 용기는 없어서 그냥 뒤를 따라다닌 것뿐이잖아.

◆아코 : 우우. 남편이 아내의 사랑을 의심하네요.

◆루시안 : 내친 김에 말하자면 좀 더 의심할 만한 여지를 줬으면 해. 사랑이 너무 무거워서 숨이 막힐 것 같으니까.

◆애플리코트 : 역시나 너희는 좋은 콤비다, 아코. 루시안.

마스터가 묘하게 기쁜 얼굴로 그렇게 말했다. 그런가? 그 말에 나는 속으로 고개를 갸우뚱했다. 그러고 있으려니, 초심자처럼 보이던 그 플레이어가 우리 쪽으로 다가오다 말고 움직임을 딱 멈추었다. 나는 별 생각 없이 그 캐릭터에 커서를 가져가 보았다. 그러자 『세티』라는 이름이 표시되었다. 모르는 이름이었다. 내가 아는 사람은 아니군.

하지만 가까이에 있으니 왠지 살짝 신경이 쓰였다. 나는 힐끗힐끗 상대를 살폈다. 그러고 있으려니 세티 씨의 머리 위에 말풍선이 표시되었다. 뭔가 챗을 친 것이었다. 그 내용은.

◆세티 : 루시안.

◆루시안 : 으응?

어, 나? 내 이름? 지금 날 부른 거야?

바로 조금 전에 아는 사람이 아니군, 이라고 생각한 참이었는데.

◆애플리코트 : 뭔가, 루시안. 아는 사람인가?

◆루시안 : 아니, 모르는 사람인데…… 아, 저기. 너, 혹시 누군가의 서브 캐릭터야?

그럴 리는 없겠지. 그런 생각을 하면서도 나는 일단 세티 씨에게 그렇게 물어보았다.

그것이, 누군가 서브로 사용하는 캐릭터라면 초기장비가 아니라 그 나름대로의 무기나 방어구를 갖추고 있다. 초반의 레벨업 속도가 많이 차이가 나는 것이다.

◆세티 : ……?

하지만 세티에게서 되돌아온 대답은 물음표뿐이었다.

아, 완전 초심자스러운걸. 또, 이런 말 하면 좀 그렇지만 이런 상황, 무진장 귀찮았다.

하지만 그냥 내버려둘 수도 없었다. 일부러 나를 찾아온 이상, 어딘가에서 엮인 적이 있는 것이리라. 또, 설령 그렇지 않다고 해도 신규 플레이어를 방치할 정도로 이 게임에 절망하지 않았다.

◆루시안 : 오케이, 좋아. 알아듣기 쉽게 이야기하겠어. 우선, 날 아는 거야? 우리 어디선가 만났던가?

◆세티 : 곤란한 일이 있으면.

이 아이, 세티는 거기서 말을 멈추고 잠시 뜸을 들이더니 이렇게 말했다.

◆세티 : 도와준다고 했어.

오오. 한자를 썼는걸.

하지만 내가 누구한테 그런 소리를 한 적이 있던가?

◆루시안 : 나, 그런 말을 했던가?

◆아코 : 엄청 할 것 같아요. 루시안.

◆애플리코트 : 할 것 같군.

◆슈바인 : 그것도 괜히 엄청 폼을 잡으면서 말이야. ㅋㅋ

◆루시안 : 다들 날 못 믿는군…… 아니, 믿는 건가?

어느 쪽이 됐든, 주변 사람들이 그렇게 말하니 나는 점점 자신이 없어졌다.

어디선가 만나서 잠깐 얘기를 나눴을 가능성을 완전히 배제 할 수가 없었다. 혹시 그때 뭔가 쓸데없는 소리를 한 걸까?

◆루시안 : 그건 그렇고. 저기, 세티 씨? 이 게임은 시작한 지 얼마 안 된 거야?

◆세티 : 응.

정진정명 신규 유저라는 건가…… 하긴, 그렇겠지.

어떻게 할까. 모처럼이니까 내가 돌봐주는 것도 좋았다. 하지만 그렇게 되면 오늘의 사냥에서는 내가 빠지게 된다.

그런데 탱크 한 사람에 화력 전위 한 사람, 화력 후위 한 사람에 회복술사 한 사람으로 구성된 우리 길드는 누구 하나가 빠져나가면 제대로 기능하지 않게 된다 말이지.

나는 힐끗 다른 사람들에게로 시선을 향했다. 그러자 슈가 가볍게 웃으며 대꾸했다.

◆슈바인 : 뭐, 괜찮겠지. 모처럼이니 이 몸이 돌봐주마.

의기양양한 표정으로 슈는 그렇게 말했다. 용케 그런 표정을 짓는구나.

그러자 세티 씨가 왜인지 묘한 말을 내뱉었다.

◆세티 : 웅훗.

◆슈바인 : 엉?

◆세티 : 미안해. 챗이 아직 익숙하지 않아서.

◆애플리코트 : 신경 쓰지 마라. 누구나 처음에는 다 그런 법이다. 막 시작할 때에는 대화도 거의 나누지 않지만 정신을 차리고 보면 어느새 WASD키의 배치를 외우고 있지. 또, ctrl키, shift키, alt키의 위치도 기억하고, 게임을 시작한 지 1년쯤 지나면 키보드를 볼 필요조차 없어진다. 따로 연습도 하지 않았는데 타자 검정시험에서 합격한 일도 드물지 않다. 아아, 온라인 게임은 정말이지 장래에 도움이 되는구나.

그것 또 꽤나 자의적인 의견이긴 하지만, 분명히 컴퓨터를 다루는데 익숙해지기는 하지. 게임을 하려면 알아둬야 할 일이 산더미처럼 많거든.

◆아코 : 아, 저는 지금도 키보드 보면서 두드리는데요.

◆슈바인 : 연습이 부족하군. ㅋㅋ 이 몸은 한참 전부터 키보드를 보지 않고 입력하는 터치타이핑을 익혔다.

◆세티 : 부흐하.

◆슈바인 : 이봐. 대체 왜 그러는 거야?

무슨 일이 일어나고 있는 것인지 세티 씨가 또다시 이상한 소리를 냈다.

그녀는 잠시 동안 몸을 흠칫흠칫 떤 후, 그것을 얼버무리듯이 말했다.

◆세티 : 그게, 키보드에 커피를 좀 뿜어서 말이야.

◆루시안 : 그거 큰일이잖아. 괜찮은 거야?

◆세티 : 괜찮아.

진짜? 제대로 말리라고.

뭐, 어쨌든 게임을 시작한 지 얼마 되지 않았다니까 제대로 돌봐주자.

게임을 시작했다면 가장 먼저 할 일은 정해져 있었다.

◆루시안 : 일단은 레벨업이로군. 그럼 메타미니 맵으로 가자. 그리고 도중에 콤보를 익히면 아코에게 코피를 쏟을 정도로 힐을 계속 걸게 해서 고블린 왕을 잡는 거야.

◆슈바인: 인마, 잠깐 스톱.

◆루시안 : 왜.

왜인지 슈바인이 나를 제지했다.

메타미나란 HP는 5밖에 안 되지만 방어력이 이상하게 높고 경험치도 그럭저럭 많이 주는 메탈 미니 드래건이라는 몬스터를 말한다. 초심자라도 열심히 때려서 5발정도 맞추면 쓰러뜨릴 수 있기 때문에 스킬을 이용해 놓치지 않도록 해놓고 때리면 꽤 빠른 속도로 레벨을 올릴 수 있었다. 고블린 왕은 공격속도가 느리고 공격스킬을 쓰지 않기 때문에 즉사하지 않는 한, 회복 마법을 계속 거는 것만으로도 반드시 이길 수 있었다. 이것 또한 레벨업을 할 때에는 빠지지 않는 몬스터였다. 레벨 올리기로는 평범한 선택일텐데 뭐가 불만이냐.

◆애플리코트 : 평범하게 생각해서 게임을 막 시작한 초심자에게 파워 레벨업은 무리일 거다. 루시안. 게임이란 즐기는 것이다. 그 과정을 말이지.

◆루시안 : ……그것도 그런가.

말을 듣고 보니 게임에서 얻을 수 있는 즐거움의 대부분을 빼앗는 것 같은 기분이 들었다.

안 돼 안 돼. 자칫 온라인 게임의 어둠에 완전히 물들 뻔했어.

◆아코 : 저기, 내가 레벨업 할 때는 그렇게 친절하게 가르쳐주지 않았던 것 같은데요.

◆루시안 : 아코는 지금은 이 모양으로 컸지만, 그래도 나는 나름대로 게임의 기본을 다 가르쳤다고 생각해.

◆아코 : 저를 실패작이라고 말하는 것처럼 들리는데요?!

성공작이라고는 도저히 말할 수 없었다.

나는 아코가 나를 잘 따르는 것보다는 한 명의 회복술사가 돼 주기를 바랐다고.

◆슈바인 : 바보는 놔두고, 게임의 기본은 자기 힘으로 적을 쓰러뜨리는 거다. 그런 의미에서 이 몸의 이 무기를 빌려주지. 영웅의 초심자 나이프 +9다. 이걸로 이 근처의 적들을 닥치는 대로 쓰러뜨리고 와라.

◆루시안 : 야. 잠깐 스톱.

나는 위험한 소리를 꺼낸 슈바인을 바로 말렸다.

◆슈바인 : 이 몸의 무기에 불만이라도 있는 거냐.

◆루시안 : 당연히 있지. 뭐냐, 그 오버파워 무기는.

그런 무기를 휘둘렀다가는 농담 안 하고 초반 맵의 몬스터들은 서걱서걱 다 썰릴 거라고. 플레이어 스킬이고 뭐고 다 필요 없어질 거다.

◆슈바인 : 그럼 어떻게 하지?

◆애플리코트 : 평범한 무기를 써서 평범하게 퀘스트를 진행해서 평범하게 키우면 되잖나.

마스터가 어처구니없다는 듯이 말했다.

그래그래. 역시 마스터야. 잘 알고 있어.

◆애플리코트 : 경험치 부스터를 유료 결제 해두면 그것만으로도 충분히 크니 말이다.

◆루시안 : 역시 마스터는 안 돼.

◆애플리코트: 왜냐?

솔직히 나도 조금은 그런 생각을 하긴 했다. 까놓고 말해서 경험치 부스터는 편리하단 말이지. 인터넷 카페 특전과 이벤트 경험치, 유료 부스터를 동시에 써서 경험치를 세 배로 불리는 일은 자주 했다고.

우리가 서로 아옹다옹하고 있으려니 세티 씨가 불안한 것처럼 내 옆으로 다가왔다.

◆세티 : 저기, 나 뭘 하면 돼?

◆루시안 : 아. 그렇구나.

어떻게 할까. 우선 마스터가 말한 것처럼 평범하게 적과 싸우면서 평범하게 퀘스트를 수행시킬까? 하지만, 그렇게 되면 우리가 있을 필요가 있나?

◆아코 : 저기, 저기요!

그때 아코가 손을 번쩍 들었다.

◆아코 : 모처럼이니까 게임을 즐기자고요! 내가 루시안에게 프러포즈한 그곳에 데리고 가는 거예요.

◆루시안 : 각하(却下).

◆아코: 왜죠!

그게, 그거 네가 가고 싶은 것뿐이잖아.

대체로 관광지가 될 법한 장소들을 적의 종류가 모두 다르고 좀 멀고, 그리고 여러 마을을 지나가야만 해야 하니까—.

　◆루시안 : 어라? 아닌가. 의외로 좋은가.

　◆애플리코트 : 관광을 하는 김에 다른 마을을 도는 건가. 그런가. 타당할지도 모르겠군.

　◆슈바인 : 그렇다면 워프 포인트를 등록해두지 않으면 불편하겠군. ㅋ 아코처럼 그 마을에는 가지 못해요, 라고 말하게 될 거다. ㅋ

　얼렐레. 이상한걸. 아코의 의견이 가장 제대로 됐어—?

　◆루시안 : 설마 아코의 의견에 지다니.

　◆애플리코트 : 믿을 수 없군.

　◆슈바인 : 이렇게 드문 일이 일어날 정도라면 그 만큼의 운으로 이 몸에게 레어 아이템을 내려달라고.

　아니, 아니야. 이걸로 된 거야. 아무 것도 잘못된 건 없어.

　◆세티 : 다들 사이가 좋네.

　세티가 우리를 둘러보면서 그렇게 말했다.

　◆루시안 : 알고 지낸지 오래 됐으니까.

　◆슈바인 : 말하자면 더러운 악연이라는 거지. ㅋ

　◆루시안 : 더러운 건 네 얼굴이겠지.

　◆슈바인 : 네 근성이겠지.

　◆루시안 : 호오.

　◆슈바인 : 뭐냐? 한 번 해보자는 거냐?

◆세티 : 사이가 좋네. ㅋ

지금 이 대화가 사이가 좋아 보이는 거야.

◆루시안 : 어쨌든 관광 투어로 결정. 남은 건 루트 짜는 것뿐이군. 세티 씨. 잠깐 기다려. 금방 정할 테니까. 우선은 순회 비행선을 타는 것부터 시작이겠군. 그리고 거기서 뛰어내려서……

LA 안에도 관광명소라고 불리는 곳은 많다. 전형적이기는 하지만 비행선에서 내려다보이는 경치는 꽤 괜찮았다. 또 바다 속 깊숙한 곳에 있는 신전도 나쁘지 않았다. 모코모코 해변의 리조트도 좋았고, 기계도시 오거스트는 SF적인 외견이 흥미를 돋았다.

◆루시안 : 그런 의미에서 정해졌어. 세티 씨, 우리는 지금부터 비행선에 탈거야. 도중에 바다 위에서 뛰어내려서 5분 정도 잠수한 곳에 있는 신전에 들른 후, 근처의 해변에서 리조트 기분을 맛본 뒤, 소용돌이를 타고 고래 뱃속으로 들어갔다가 숨구멍으로 내뱉는 물기둥을 타고 밖으로 나올 거야. 그런 다음에는 그 앞에 있는 묘지의 깊숙한 곳에 있는 던전을 빠져나가 지옥 마을의 워프 게이트를 통해 기계도시의 가장 꼭대기에 있는 톱니바퀴에 가서 그곳에서 뛰어내릴 거야.

◆세티 : 절대로, 싫어.

왜? 틀림없이 재미있을 거라고!

위험하지 않아. 위험하지 않다고! 괜찮아. 괜찮아!

이러니저러니 해서 우리는 세티 씨를 데리고 가서는 잔뜩 놀았고, 밤은 그렇게 금방 지나갔다.

"역시 좋은 일은 하고 봐야 돼. 호박이 넝쿨째 굴러들어 오고 있어!"

다음 날 부실. 세가와는 보는 사람이 살짝 질릴 정도로 하이 텐션으로 말했다.

기분 탓인지 양쪽으로 올려 묶은 머리카락이 뿅뿅 튀어 오르는 것처럼 보였다.

"왜, 왜 그래? 뭔가 좋은 일이라도 있었어?"

"나나코가 말이야. 그런 얘기, 굳이 다른 애들한테는 말하지 않겠다고 말하더니 정말로 아무 얘기도 하지 않아줬어. 아, 진짜, 정말 그걸 본 게 그 애라서 다행이야. 나의 학교생활은 앞으로 조금, 조금 더 이어질 게다!"

조금만으로 괜찮은 거냐? 그거, 곧 끝나버리는 거 아니야?

"하지만 이미 누군가에게 들킨 이상, 조심하지 않으면 또 다른 녀석에게 들키는 거 아니야? 설마 오늘도 누가 보고 있던 건 아니겠지?

"부실에 들어오기 전에 세 번이나 확인했으니까 괜찮아. 나나코는 왠지 급하게 돌아갔고."

흥흥흥. 세가와는 콧노래를 부르며 컴퓨터를 켜고는 기분 좋은 듯이 마우스를 움직였다.

"슬슬 요즘 게으름을 피우느라 뒤떨어졌던 걸 만회해야지. 아코랑 마스터는?"

"글쎄? 청소당번인 게 아닐까?"

그 말을 들은 세가와는 살짝 눈썹을 찡그리면서 목소리를 낮추었다.

"……아코가 청소당번이라니, 그 광경을 상상하니 조금 무서운걸."

"거야 뭐. 붕 떠있을 것 같기도 하고 실수만 연발해서 다른 애들을 질리게 하고 있을 것 같긴 해."

나는 아코가 반 애들과 제대로 의사소통을 할 수 있을지 조금 불안했다. 도저히 느긋하게 잡담을 하면서 청소를 하고 있을 것이라는 생각은 안 든단 말이야.

그런 얘기를 나누기를 잠시. 부실의 문이 드르륵 열렸다.

"늦어서 미안하다. 다른 볼일이 있어서 말이다."

"늦어서 죄송합니다."

마스터가 안으로 들어오고 그보다 조금 늦게 아코가 그 뒤를 따랐다.

왜인지 부실에 들어온 순간부터 이미 눈물을 그렁그렁 매달고 있던 아코는 나를 보자 눈을 크게 떴다.

"있죠, 루시안. 청소 같은 건 전문 업자에게 맡기면 되는 거죠?"

아. 싫은 예감이 적중했다.

"애초에 다른 사람들이 잘못한 거라고요. 외톨이로 널리 알려진 내게 갑자기 말을 걸어오다니, 정말 매너가 없는 행동이에요. 상상할 수도 없어요! 그야, 뭐 청소당번이라는 것은 까맣게 잊고 있긴 했지만요!"

"아. 당황해서 머릿속이 하얗게 변한 거야?"

"태어나서 처음으로 히익, 하고 말했어요."

그건 좀 귀엽잖아. 그런 생각이 들었다.

"걱정하지 마라. 나는 『먼저 돌아가도 돼』라는, 배려를 가장한 DOT 스킬[6]을 뒤집어쓴 적이 있다."

지금까지도 지속 데미지가 남아있는 것 같았다. 아마도 마음이 아픈 것이리라.

하지만 마스터의 경우에는 상대가 진지하게 신경을 써줬을 가능성도 있다고 생각하는데 말이지.

"자, 다 잊고 게임이나 하자."

"내게는 LA가 있어요."

어쨌든 두 사람은 의욕에 가득 차 있었다. 그럼 나도 같이 힘내기로 해볼까.

그렇게 생각하며 나는 게임에 로그인을 했다. 그러자 우리가 늘 모이는 찻집 앞에는 이미 다른 플레이어가 와 있었다.

◆세티 : 안녕.

#6 DOT (damage over time) 스킬 일정시간에 걸쳐 일정한 피해를 계속 주는 스킬.

"엑."

나는 저도 모르게 입 밖으로 소리를 냈다. 그러자 다른
세 사람도 이쪽을 돌아보았다.

"또 왔네요."

"결국 너랑 아는 사이인 거야?"

"아니. 솔직히 전혀 기억이 없어."

설령 아는 사이라고 해도 어제 그것으로 충분히 돌봐주었
다는 생각도 들고 말이지.

어쨌든 입으로만 얘기하고 있을 수는 없었기에 나는 챗을
쳤다.

◆루시안 : 여. 안녕.

◆슈바인 : 여.

◆아코 : 안녕하세요.

◆애플리코트 : 길드 앨리 캣츠의 주점에 온 걸 환영한다.

◆루시안 : 주점도 아니고, 우리 것도 아니잖아.

"그건 됐다고 치고, 어떻게 할 거야?"

"그냥 여기 내버려두고 사냥을 갈까요?"

"그것도 좀 그런걸."

아코의 말은 조금 비정했지만, 내게도 그러고 싶다는 기
분은 분명히 있었다. 여느 때처럼 길드 멤버랑 놀고 싶었지
만, 그렇다고 그냥 혼자 내버려두는 것도 영 찜찜했다.

"모처럼 의욕을 불태우던 참이긴 했지만…… 좀 같이 놀

아줄까?"

"온라인 게임부로서 같은 온라인 게임 플레이어에게는 애정을 갖고 싶군."

세가와와 마스터가 타협을 보였다. 그럼, 된 건가.

"그럼 조금 같이 놀아줄까."

◆루시안 : 오늘도 온 거야?

◆세티 : 뭘 해야 할지 잘 몰라서.

하긴, 전혀 다른 세계에 갑자기 던져진 셈이니까. 또, 어제는 여기저기 끌고 다니기만 했을 뿐 게임에 대한 얘기는 하지 않았고.

◆루시안 : 우—응. 그럼 잠깐 조작하는 연습을 해볼까. 따라와. 적당한 몹이 있는 곳으로 갈 테니까.

나는 세티 씨를 마을 밖으로 데리고 나갔다. 마을 밖에 펼쳐진 초원에는 사람 따위 일격에 물어죽일 수 있을 것 같을 정도로 큰 늑대가 어슬렁거리고 있었다. 하지만 그래보여도 결국은 송사리 몬스터였다.

◆루시안 : 그런 의미에서, 이 녀석을 상대로 기본 동작 연습을 할 거야.

"예?"

현실 쪽에서 아코가 동요를 보였다.

야. 왜 네가 초조해하는 거야?

"뭐야. 기본 동작 정도는 아코도…… 야, 너, 혹시."

잊은 거냐? 그렇게 열심히 가르쳤는데? 전투의 기본이라 든가 그런 거 전혀 기억하지 못한다는 거야?

"아, 아뇨. 그렇지 않아요. 예."

"확실히 아코가 콤보 회복이라든가 그런 걸 쓰는 걸 본 적 이 없네."

"쉬, 쉬."

"길드 마스터로서 멤버 지도가 필요할지도 모르겠군……."

"마스터. 너무 진지하게 받아들이지 마세요."

뭐, 아코는 둘째 치고 지금은 세티 씨가 먼저였다.

◆루시안 : 음, 그러니까 세티 씨의 캐릭터는 근접형. 나나 슈바인이랑 똑같아. 기본적으로는 일반공격, 방어, 카운터, 스매시 기술, 그리고 수는 적지만 투사(投射)형의 원거리 기 술로 싸우지.

세티 씨는 흠흠 하고 고개를 끄덕이며 듣고 있었다.

◆루시안 : 하는 일은 간단해. 우선 일반공격으로 적을 때 리고, 적이 반격할 것 같으면 방어, 적이 근접 스킬 공격을 쓸 것 같으면 카운터, 적이 무방비하다면 이쪽에서 스매시, 멀리서 뭔가를 시전하면 원거리 공격, 그것뿐이야.

"그것뿐이라니, 루시안. 지금 그것뿐이라고 말한 건가요?"

"그 외에도 여러 가지 있지만 일단 이것만 기억해두면 당 분간은 문제없이 플레이할 수 있겠지."

"오히려 아코는 그렇게 많은 걸 한꺼번에 기억할 수 있겠느냐고 말하고 싶은 것 같은데."

"맞아요. 그거예요!"

아코는 강한 어조로 대답했다. 왜 그렇게 한심한 소리를 할 때에만 온힘을 다하는 거냐, 아코.

"웅. 하지만 그렇다고 이쪽에서 멋대로 한계를 설정하는 것도 미안한 일이잖아? 해 보고 무리일 것 같으면 줄여서 가면 되고 말이야."

"음. 나도 WIKI를 읽으면 대략적인 것은 알 수 있다."

그래, 마스터는 그런 타입이지. 그리고 이 세티 씨도 한 번 직접 시켜보면 금방 기억할지도 몰라. 이런 사람에게 지식을 제한하는 건 오히려 해악이라고. 가르쳐주면 가르쳐 준 만큼 깊이 파고드는 온라인 게임 초심자들도 있는데, 그런 녀석들은 대체로 장래가 유망하단 말이지.

"나는 하루에 하나씩 정도가 좋아요……."

아코는 하룻밤이 지나면 그 전날 배운 것을 잊어버리니 언제까지고 나아지지 않는 것이리라.

◆루시안 : 조작 자체는 어떻게 하는지 알아? 스킬을 쓰는 버튼이라든가. ……좋아. 그럼 일단 적당히 저 늑대를 쓰러 뜨려 봐.

◆세티 : 죽어라.

나이프를 쥔 여자아이가 죽어라 라고 말하며 늑대에게 달려드는 그림은 조금 위험한 풍경이었다. 그것에 반격해

덤벼드는 늑대도 꽤 위험하긴 마찬가지였다.

세티 씨는 처음에는 공격하고 공격하고 얻어맞고, 공격하고 공격하고 얻어맞고를 반복했지만 곧 자연스럽게 반격의 타이밍에 맞춰 방어하려고 시도하기 시작했다. 아직은 타이밍을 놓쳐서 공격 받는 일이 많았지만 그래도 자주적으로 움직이려는 자세가 멋졌다.

"이 사람. 아코보다 센스가 좋은데."

"조, 조금, 아주 조금 나보다 잘할 가능성이 미립자 레벨로 존재할지도 모르겠네요."

그러나 아코는 현실을 인정하고 싶지 않은 모양이었다. 아코는 가까이에 있는 늑대에게 다가갔다. 지팡이를 들어 올려 찰싹 때리자 늑대는 반짝☆ 하고 별을 토해내며 죽었다.

"우우우우."

"그야 레벨이 너무 차이가 나니까 일격으로도 죽는다고. 아코는 힐이라도 걸 준비를 하고 있어."

그리고 그 핑크스타의 반짝반짝 지팡이를 쓰는 것은 제발 그만둬 줘. 때릴 때마다 반짝☆ 반짝☆ 하고 별이 나오는 것 외에는 전혀 쓸모가 없는 지팡이는 정말 진심으로 필요 없으니까.

그런 연유로 나는 세티에게 계속 기본을 가르쳤다. 본인에게 하고자 하는 뜻도 센스도 있다 보니 익히는 것은 금방이었다.

◆루시안 : 공격, 방어, 틈을 봐서 스킬 공격. 적이 공격할 자세를 취하면 슬슬 반격을 해.

◆슈바인: 무기를 바꾸면 첫 공격에 스킬을 발동해서 끝낼 수 있다.

◆애플리코트: 유료결제를 하면 차지 기술을 첫 공격에 쓸 수 있다만.

◆루시안 : 니들은 좀 입 다물고 있어.

모처럼 초심자가 열심히 하고 있으니까 쓸데없는 소리 하지 말고 응원이나 해.

세티 씨는 기본 전투 정도는 바로 마스터하고 불과 몇 시간 만에 그 나름대로 잘 싸울 수 있게 되었다.

◆루시안 : 남은 건 패턴에 따라 적의 움직임을 파악하고, 늘어난 스킬의 성질을 생각해서 콤보를 집어넣는 거로군. 센스가 있으니까 금방 익힐 거야.

◆세티 : 고마워, 루시안군.

그 사이 챗에도 꽤나 익숙해져서 나름대로 평범하게 이야기할 수 있게 되었다. 왜인지 나한테만 군(君)을 붙이고 있었지만.

◆세티 : 루시안군, 이런 거 가르치는 일, 잘하는구나.

◆루시안 : 왜 뜻밖이라는 어조냐?

◆세티 : 정말로 제대로 하고 있구나, 해서. 조금 멋있었어.

초심자에게 뭔가 대단한 사람이라도 되는 것 같은 태도

로 칭찬받았어, 나. 기뻐해야 할지 화를 내야 할지 미묘한 이 감정은 뭘까.

◆아코 : 루시안에게 이상한 추파 던지지 말아 주세요.

"현실과 게임 전방위에서 질투하지 마."

"우-우-우. 그치만요."

"신경이 쓰이면 네가 돌봐주든가."

"모르는 사람이랑 얘기하는 것은 무서워서요……."

게임 안에서마저도 의사소통장애라니, 정말 구제할 도리가 없었다.

"그보다, 루시안에게만 저렇게 따르는 건 이상하지 않아? 그런 건 나로도 됐을 텐데."

◆슈바인 : 이런 건 이 몸이라도 할 수 있다. 아니, 더 잘 지도해줄 수도 있지. 뭣하다면 직접 가르쳐줄까?

◆세티 : 푸홋.

세티 씨가 또 다시 웃음을 터뜨렸다.

◆슈바인 : 너, 왜 이 몸이 얘기할 때마다 그렇게 웃는 거냐? 혹시 싸움을 거는 거냐? 그렇다면 받아주마. 어때?

◆세티 : 그, 그건, 아니지만, 말이야.

세티 씨의 캐릭터가 몸을 부들부들 떨었다. 그건 아마도 너무 웃어서 캐릭터 조작이 불안정해진 것이리라.

◆세티 : 역시 루시안군이 좋아. 믿음직하고 상냥하니까.

"……칫."

옆에서 엄청 짜증난다는 듯이 혀를 차는 소리가 들렸다.

"아코. 너 방금 혀 차지 않았냐?"

"아뇨."

"……그래?"

섣불리 불평을 입 밖에 낼 배짱은 없는지 아코는 배 안에 짜증과 초조함을 꾹꾹 눌러 담고 있었다. 그런 아코가 나는 조금 무서웠다.

◆세티 : 루시안군, 좀 더 이것저것 가르쳐줄래?

◆루시안 : 딱히 상관은 없는데, 일단 슬슬 로그아웃 해야 하니까 밤에 가르쳐줄게.

조금 있으면 부활동 종료를 알리는 예비종이 친다. 그 뒤, 집에 돌아가서 밥을 먹고 목욕도 하고 숙제도 해치운 뒤에 다시 집합하는 것이 평상시의 패턴이었다.

"어? 밤에도 저 애랑 놀 거야?"

슬슬 인내심이 한계에 부딪쳤는지 세가와가 짜증과 초조함을 감추려고도 하지 않았다.

알아. 그 마음 알아.

"하지만 저런 말을 들었는데 거절하는 것도 좀 그렇잖아."

"하아. 너 혹시 초심자들이 잘 따르면 기분 좋아지는 그런 타입이야?"

그런 게 아니야. 내버려두지 못하는 건 그저 뒷맛이 씁쓸하기 때문이야.

"그럼 좋을 대로 해. 나는 밤에는 혼자 사냥할 거니까."

"너, 정말로 기분이 나쁜 거야?"

"저 녀석, 짜증나."

세가와에게서 초등학생이나 할 법한 감상이 튀어나왔다.

말을 할 때마다 웃은 것이 그렇게 마음에 들지 않았던 건가. 뭐, 그 마음은 이해하지만.

"그럼 나도 그렇게 할까. 한동안 대마법을 쓰지 않았더니 영 상태가 안 좋아."

마스터도?

"그래. 나는 딱히 초심자와 노는 것은 싫지 않으나……."

마스터는 화면 속의 세티 씨에게 힐끗 시선을 주고는 이렇게 말했다.

"저 사람의, 그룹의 중심이 되는 인물을 파악하고 그 사람에게 아양 떠는 자세는 내가 거북해하는 인종에 가깝다."

"……그건."

마스터는 겉과 속이 일치하는 좋은 사람이었다. 하지만 그 때문에 거꾸로 거북하다고 판단한 상대에게 딱히 신경을 써주는 일도 없었다. 그 점은 현실에서의 그녀와 똑같아서 적어도 내게는 기분이 좋은 일이었다. 이었지만— 이럴 때에는 조금 곤란했다.

"나는 루시안과 같이 있을 거예요!"

"그래."

아코는 그렇게 말했지만, 화면 너머에 있는 세티 씨를 경계하는 것은 명백했다.

길드 멤버가 아닌 인물이 나타난 지 겨우 이틀째.

앨리 캣츠는 이미 분열 상태였다.

††† ††† †††

어떤 때라도 아코는 내게서 떨어지지 않는다. 오늘도 우리는 함께 집으로 향했다.

실제로는 그것을 고치기 위해 부활동을 시작한 것이었는데, 나는 마음속 한 구석에서 아코의 그런 태도에 오히려 안도하고 있었다.

"이거 곤란하네요."

"이거 곤란해."

우리는 나란히 서서 하아 하고 한숨을 내쉬었다.

서로 사이가 좋은 그룹이라고 해도 조금만 묘한 일이 생기면 이 모양이 된다. 이런이런, 큰일이야— 라고 말해도 해결책은 간단했지만.

"까놓고 말해서 솔직하게 거절하면 되지만 말이지. 나는 그런 일에는 그다지 자신이 없어."

"그런가요?"

"그렇다니까. 팔방미인라고 해야 할까, 쓸데없이 착한 사람이 되려고 한다고 해야 할까. 그다지 친하지 않은 사람에게는 싫은 일도 싫다고 말을 못하고 계속 참기만 해. 그러다가 게임을 하는 일조차 싫어하게 되지."

게임에서는 꼭 좋은 사람인 척 하게 돼. 스스로도 현실에서는 적당히 살고 있는데 게임 안에서 빠릿빠릿하게 굴면 어떻게 하자는 거냐는 생각을 하긴 하지만.

"게임을 그만둘 정도라면 차라리 싫다고 말을 하자구요!"

"너, 말할 수 있어?"

"아뇨."

당연히 못하죠, 라고 말하는 듯한 대답이 되돌아왔다.

그렇지. 넌 그런 녀석이지.

"결국 우리는 전원이 의사소통장애 환자랑 비슷하니까. 이럴 때에는 참 귀찮아."

"그러네요……."

아코는 게임 안에서도 우리가 없으면 아무 말도 하지 않을 정도로 의사소통능력이 낮고, 현실에서는 남을 잘 돌봐주는 세가와도 게임 안에서는 거만을 떤다. 그래 보여도 꽤나 낯가림이 심한 마스터는 기분이 내키지 않으면 그대로 솔로 플레이를 한다. 나는 나대로 너무 팔방미인이 돼서 그것에 질린 나머지 게임하는 것 자체를 싫어하게 되는 타입 — 진짜, 정말로 다들 대인능력이 꽝인 녀석들이야.

"이런 말을 하고 싶지는 않지만요."

그렇게 미리 밑밥을 깔아놓고 아코는 바닥을 내려다보며 말했다.

"모이는 곳을 바꾸는 것은 어떨까 해요."

"……세티 씨를 피해서?"

"예."

"응……."

온라인 게임에서 길드멤버가 모이는 곳은 꽤 중요했다.

특히 편안한 판타지계의 게임에서는 한가한 사람이 모여서 느긋하게 늘어지게 지낼 수 있는 장소는 게임 속 생활의 동기부여에도 영향을 준다.

한가할 때 이곳에 가면 누군가가 있다. 여기서 기다리면 누군가가 온다. 할 일을 다 끝내면 이곳으로 돌아온다. 게임 속이 또 하나의 세계가 되어갈수록 자신의 거점이 되는 장소는 중요해진다.

하지만 그곳에 외부인이 들어오는 순간 일이 성가셔진다. 게임 안에서 멋대로 정한 집회소라는 것은 결국 공공장소에 지나지 않는다. 누군가 온다고 하면 거부할 권리가 없는 것이다.

때문에 모이는 장소를 옮기는 일은 자주 있다면 자주 있는 일이었다. 도망치듯이 이 마을 저 마을을 전전하는 길드는 어디에든 있을 것이다.

"하지만 말이야, 세티 씨, 딱히 나쁜 사람인 것도 아니잖아."

"그건 그렇지만요."

그렇기에 도망치듯이 모습을 감추는 것도 왠지 죄악감이
들었다.

하지만 말이야. 그렇다고 또 환영하고 싶다든가 그런 것도
아니야.

본래 의미에서의 초심자란 게임의 장래를 생각한다면 소
중히 대해야 하는 존재이지만, 얽히는 상황에 따라 사실 조
금 귀찮기도 했다.

"그리고 말이죠. 이건 개인적인 의견인데요."

"뭔데?"

아코는 진지한 표정으로 물끄러미 나를 쳐다보며 말했다.

"루시안이 다른 여자를 돌봐주는 것이 마음에 들지 않아
요."

"너, 완전 솔직하구나!"

요컨대, 질투인 건가!

"그게, 그게 말이죠. 루시안은 앞으로도 쭉 나만 돌봐주
면 되잖아요! 다른 여자 캐릭터가 잘 따른다고 기뻐하거나
해서는 안 돼요!"

이, 이 녀석, 진심이다. 진심으로 말하고 있어.

아코의 표정에서 농담의 빛은 요만큼도 보이지 않았다.

"애초에 루시안은 다른 사람을 돌봐줄 때에 언제나 너무

생기 넘쳐요! 그런 것은 나한테만 향하면 되는 거예요!"

"내가 돌봐줄 필요가 없어진다는 발상은 없는 거냐?"

"왜 그렇게 쓸쓸한 말을 하는 건가요. 너무 해요. 나와 같이 있어도 즐겁지 않은가요?"

"함께 있는 일 = 폐를 끼치는 일이라는 건 건전하지 못하다고 봐."

"제 좌우명은『남의 힘에 의지하는 것』이예요."

이 녀석, 쓰레기다!

쓰레기이지만, 쓰레기이지만, 내 신부이기도 하지.

적어도 게임 안에서 아코를 슬프게 만드는 일은 하고 싶지 않았다. 게임 안에서 이 녀석을 좋아한다는 사실을 부정할 생각도 없고 말이다.

쓸쓸해한다면 같이 어울려주고 싶었다. 뭣보다 나 자신도 아코와 같이 놀고 싶었다.

"……아, 그래. 좋은 생각이 났어."

"예?"

"오늘 밤에 우리 둘이 편리하고 모이기도 쉬우면서 눈에 띄지 않는, 그런 곳을 찾아보자. 괜찮은 곳을 찾아내면 다 같이 그리로 옮겨도 되고 말이야."

"데이트로군요!"

"……데이트, 이러나?"

"데이트예요, 데이트. 예쁘게 꾸미고 갈게요."

내용은 야반도주할 곳을 찾는 것 같은 얘기이지만, 뭐 아코가 그렇게 생각한다면 됐나.

하지만 이 녀석, 현실에서 데이트 신청을 해도 절대로 이렇게까지 기뻐하지는 않겠지.

"……."

"……왜 그러죠?"

"아냐. 아무 것도."

뭐, 아코다워서 좋지만.

슈와 마스터는 사냥을 갔다. 나와 아코는 다른 사람 눈에 띄지 않도록 캐릭터를 이동시켜 미리 정해놓은 약속 장소에서 합류했다.

◆아코 : ─그런 관계로, 오늘은 예쁘게 꾸미고 왔어요.

아코가 만면에 미소를 띠며 말했다. 그런 그녀에게 나는 망설이지 않고 대꾸했다.

◆루시안 : 벗어.

◆아코 : 예에? 이런 곳에서요?

그런 종류의 반응은 됐어. 필요 없어.

예쁘게 꾸미고 온다고 한 만큼, 아코의 복장은 화려한 드레스로 바뀌어 있었다.

그랬다. 무척 엄청나게 화려한 드레스. 언뜻 보기에는 직업을 알 수 없을 정도의, 어딜 어떻게 봐도 명백히 복장만이 아니라 아바타를 통째로 수정한 것 같은 그런 드레스였다.

◆아코 : 비쌌단 말이에요. 이 1회용 아바타 변경 드레스.

◆루시안 : 그렇지만 그 옷으로는 이동속도가 확 떨어질 거 아냐. 여기저기 돌아다녀보자고 했는데 말이야.

◆아코 : 앞으로 30분 동안은 효력이 유지되니까 그때까지 기다려주세요.

또 영문 모를 아이템을 비싼 값에 사다니. 돈을 그렇게 헛되게 쓰니까 제대로 된 장비를 못 모으는 거다.

어쩔 수 없지. 일단 가까운 곳을 돌아볼까.

◆루시안 : 지금 모이는 찻집에서 가까운 곳은 결국 들킬 것 같아서 무섭긴 하지만…… 오늘은 이 마을 안을 둘러보자.

◆아코 : 예.

나는 드레스를 입고 흐느적흐느적 걷는 아코를 데리고 마을 안을 천천히 걸었다.

그러고 보니 이러니저러니 해서 신혼여행도 못 갔고, 늘 네 명이 같이 있다 보니 지금처럼 아코와 단둘이 있는 일은 드물었다.

"데이트……란 말이지."

이런 것도 가족 서비스에 들어가려나. 나는 그런 바보 같은 생각을 했다.

◆루시안 : 일단, 길드의 집회장소로 가장 흔한 곳이라고 하면 부활지점 앞, 노점 앞, 그리고 전송지점 앞이다. 그 주

변은 편리성이 높고 사람들이 많이 모여서 자연스럽게 집회 장소가 만들어지는 일이 많아.

　◆아코 : 그러네요. 그러고 보면 부활지점 근처에는 언제나 사람이 있어요.

　◆루시안 : 그렇지? 그러니까― 이번에는 그런 곳에는 가지 않을 거야.

　◆아코 : 가지 않을 건가요?

　응. 나는 고개를 끄덕였다.

　◆루시안 : 우리는 소규모 길드이니까 말이야.

　다른 사람들도 원하는 편리한 장소에 계속 엉덩이 깔고 앉아 있을 수 있을 정도로 힘도 규모도 크지 않았다. 현실의 우리와 마찬가지로 사람이 오지 않는 구석탱이에 모여서 늘어지게 지내면 되는 것이다.

　◆루시안 : 그런 관계로, 첫 번째 후보지. 마을 바로 밖에 있는 곳에 와 봤다.

　◆아코 : 이 정도면 이제 마을이 아니라 필드맵이네요.

　◆루시안 : 맞아. 그래서 사람이 별로 없지. 하지만 마을 입구에서 가깝다는 건 매우 편리하지. 후보지로서는 나쁘지 않아.

　◆아코 : 마을 근처라서 배경음악도 느긋하고 말이죠. 넓어서 괜찮을 것 같네요.

　◆루시안 : 그렇지? 하지만 말이야. 한 가지 문제가 있어.

◆아코 : 뭐가 문제죠?

그건 말이지, 아코. 네 뒤에 있는 그 녀석이야.

◆아코 : 어, 어머? 잠깐만요. 저쪽에서 다가오는 거……
몬스터죠? 어? 아, 자, 잠깐만 기다려 주세요. 몬스터가 습
격을.

뒤에서 달려온 늑대가 아코에게 달려들어 물었다.

괜찮아괜찮아. 그 녀석은 송사리니까.

◆루시안 : 바로 그거야. 일단은 필드맵이라서 액티브 몬스
터가 접근하기도 해. 거야. 마을 근처이니까 위험한 몬스터
는 안 나오지만 말이야. 캐릭터를 이대로 둔 채 자고 일어났
더니 죽어 있더라 하는 일이 있을 수 있어. 모이는 지점으로
는 나쁘지 않지만, 느긋하게 있기에는 맞지 않아.

여기 모여서 사냥하러 출발하는 그런 장소로는 좋았다.
하지만 몇 시간이고 눌러앉아서 수다를 떠는 곳으로는 적
합하지 않았다. 그런 장소였다.

◆루시안 : 적이 얼마나 나올까 싶어서 확인하러 와 본 건
데, 꽤 많이 나오는걸. 이래서는 포기하는 편이 무난하려나.

그런 말을 하는 사이에도 아코를 습격한 늑대가 두 마리
로 늘어있었다. 여긴 안 되겠군.

◆아코 : 저, 저기, 루시안. 좀 도와주지 않을래요?

◆루시안 : 괜찮아. 네 능력치라도 한 대 때리면 쓰러뜨릴
수 있으니까.

◆아코 : 아뇨, 그게 아니라…… 이 드레스를 입으면 공격을 할 수가 없어요.

◆루시안 : …….

◆아코 : 꺅.

퍽 방패로 후려치자 아코와 늑대가 한꺼번에 날아갔다.

첫 번째 후보지, 단념. 모이는 장소를 이곳으로 하면 아코가 죽는다.

아아 진짜. 자, 얼른 다음 후보지로 가자.

◆루시안 : 그런 이유로 두 번째 후보지. 딱히 퀘스트도 없고, NPC도 없지만 일단 안에 들어갈 수 있는 건물 안이다.

◆아코 : 깨끗한 곳이네요.

물가에 세워진 2층짜리 건물. 표시를 보면 여관이라는 설정이었다. 하지만 애초에 이 게임에 그런 시스템은 없기 때문에 그냥 존재하기만 할 뿐이었다.

◆루시안 : 여기도 사람만 오지 않는다면 좋은 장소야. 사람만 오지 않는다면.

◆아코 : 사람들이 자주 오나요?

◆루시안 : 자주, 라고는 생각하지 않지만…… 뭐, 일단 들어가 볼까?

나는 아코를 데리고 슬쩍 그 건물로 들어갔다. 인기척은 없었지만 주변을 둘러보면서 안으로 나아갔다. 그러자, 조금 구석진 방에 인기척이 있었다. 남자 캐릭터와 여자 캐릭터 한쌍이었다.

◆아코 : 누군가 있네요.

◆루시안 : 있군…… 그래. 역시 여긴 관두자.

◆아코 : 먼저 쓰는 사람이 있다면 어쩔 수 없지만…… 저 사람들, 왜 침대에서 마주보고 앉아 있는 걸까요.

◆루시안 : ……글쎄. 자, 다음 후보지로 가자.

그 이유는 말하고 싶지 않았다. 아코가 뭔가를 눈치 채기 전에 여기를 나가자.

그렇게 생각해 나는 아코를 재촉했다. 하지만 그것보다도 먼저 아코의 발이 멈추었다.

◆아코 : 헛…… 알았습니다! 분위기가 좋은 건물, 방, 침대에 앉은 남녀— 이쯤 되면 분명해요!

◆루시안 : 안 알아도 돼.

◆아코 : 잠깐만요. 기다려 주세요. 저도 전부터 생각했어요. 루시안은 게임과 현실은 별개라고 말하지만, 그걸 거꾸로 생각하면 나와 루시안은 게임 안에서는 훌륭한 부부에요.

◆루시안 : 그렇지. 사랑한다, 아코.

나는 부끄러운 말을 해서 그 얘기를 적당히 얼버무리려 했다.

그러나 아코는 기쁜 듯이 몇 번이나 고개를 끄덕였지만 꺾이지 않고 얘기를 계속 했다.

◆아코 : 저도요! 그렇다는 건 말이죠. 게임 안에서라면 부부다운 일을 해도 좋다, 라는 게 아닐까요. 다시 말해서 우리도 저 사람들처럼 농후한 챗H를.

말했다. 게임 안에서 문자를 이용해 거시기한 일을 하는 챗H를 언급해 버렸다.

◆루시안 : 안 해!

◆아코 : 제대로 정감 가득하게 실황을 중계할게요! 루시안의 손가락이 천천히 내 몸을 기어갔다. 그 감미로운 감촉에 등줄기가 녹아버릴 것 같은.

◆루시안 : 그 이상 하면 정말로 헤어진다.

상상하게 될 테니까! 저도 모르게 생각하게 될 테니까! 긴 머리카락을 넓게 펼치고 침대에 누워 있는 아코의 모습이라든가, 그 몸을 만지는 감촉이라든가, 표정이라든가, 냄새라든가. 한 번도 본 적이 없는데도 망상이 그치지를 않을 테니까.

◆아코 : 으으으으. 미안합니다.

◆루시안 : 사과를 할 거라면 처음부터 그런 말을 하지 마.

내가 뭐가 아쉬워서 동급생과 그런 짓을 해야 한다는 거냐. 고문이냐? 벌게임이냐? 그렇지 않으면 날 죽이고 싶은 거냐?

두 번째 후보지도 단념. 이곳으로 하면 아코가 발정한다.

◆루시안 : 생각해 놨던 장소는 앞으로 한 곳이다. 별로 가

망이 없긴 하지만 그래도 한 번 볼까.

　◆아코 : 예.

　그런 연유로 우리는 마지막 후보지에 도착했다. 바로 마을 외곽에 있는 묘지였다.

　◆루시안 : 마지막 후보지는 척 보기에도 분위기가 나빠서 사람들이 오지 않을 법한 장소, 였는데 말이야.

　◆아코 : 왠지 사람들이 잔뜩 있네요.

　이미 집회소로 쓰이고 있는 모양으로, 상당한 수의 사람들이 모여 있었다.

　도저히 우리가 끼어들 여지는 없어보였다.

　이렇게 쓸쓸한 묘지라면 가능할 거라고 생각했는데 말이지.

　◆루시안 : 아쉽지만 여기도―.

　안 될 것 같으니까 돌아가자. 내가 그렇게 말하려는 참에 미리 와 있던 무리에서 누군가의 목소리가 우리를 불렀다.

　◆고양이공주 : 어머? 루시안? 아코?

　◆루시안 : 어…… 고양이공주 씨?

　사람들 무리 안에서 낯이 익은 캐릭터가 빠져나왔다.

　오오. 요즘 게임 안에서 잘 보이지 않기에 일이 바쁜가? 하고 생각했던 고양이공주 씨. 이런 곳에 있었군.

　◆고양이공주 : 두 사람 모두 이런 곳에서 뭐 하고 있는 거야냐?

◆아코 : 우린 데이트 중이에요.

아코가 고양이공주 씨에게 망설임 없이 그렇게 대꾸했다. 넌 부끄럽지도 않냐.

◆루시안 : 우리는 그, 산책…… 비슷한 걸 좀 하던 중이었어요. 고양이공주 씨는요?

◆고양이공주 : 아, 응, 그러니까, 그게, 뭐라고 해야 할까냐.

말하기 어려운 듯 고양이공주 씨가 입을 우물거렸다. 그 반응은, 늘 여기 모이는 게 아닌 건가?

그때 사람들 무리에서 또 한 사람이 빠져나오더니 붕 하고 크게 검을 휘둘렀다.

◆클라우드 : 뭐냐, 네 녀석들은!

아, 음…… 저거, 뭘까? 이상한 사람이 우리한테 고함을 치고 있는데, 왜?

◆클라우드 : 고양이공주님이 곤란해 하시잖냐! 고양이공주님께 무슨 말을 한 거냐!

옳소옳소 하고 사람들이 목소리를 높였다.

뭐야, 이거…… 그러니까, 뭐? 대체 무슨 상황인 거야?

◆루시안 : 아뇨, 대단한 말은 안 했는데요…… 고양이공주 씨. 저 사람들은 누구죠?

◆고양이공주 : 그게, 예전에 소속돼 있던 길드의 멤버들이야냐. 모두 다 흩어졌던 것을 간만에 다 같이 모일 수 있도록 소개한 건데냐…….

◆클라우드 : 우리는 길드 고양이공주님 친위대다! 우리가 있는 한, 고양이공주님에게는 손가락 하나도 못 댄다!

◆루시안 : 아, 죄송합니다. 저희는 돌아갈게요.

사정은 모두 파악했다. 다 파악했다.

여기서는 아무 것도 못 본 걸로 하고 그냥 가자. 그게 가장 좋았다.

그야말로 군자는 스스로 위험한 것에 가까이 가지 않는 법이고, 36계 줄행랑이 상책인 상황이었다.

◆고양이공주 : 잠깐 루시안! 아니야냐! 모두 그냥 장난치고 있는 것 뿐이야냐! 정말로 옛날 길드 멤버들이 모여 옛날 얘기를—.

◆루시안 : 가자, 아코. 고양이공주 씨는 이제 쉽게 가까이 할 수 없는 먼 존재가 돼 버렸어.

◆아코 : 예…… 루시안은 앞으로도 계속 나랑 같이 있어주세요.

◆루시안 : 그래. 우리 둘은 계속 함께 있을 거다.

◆고양이공주 : 그건 오해야냐아아아아아아!

세 번째 후보지, 단념. 신흥종교 고양이공주교의 거점이 돼 있었다.

◆루시안 : 이걸로 미리 생각해뒀던 후보지 모두가 탈락한 셈이다. 아쉽군.

◆아코 : 어쩔 수 없어요. 어디나 사람은 있는 법이니까요.

　그렇다니까. 마을의 적당한 공간에 되는 대로 캐릭터를 멍청히 세워놓는 것은 싫다. 그렇게 생각하는 사람은 대개 어딘가 있을 만한 공간을 찾는다. 인기가 많은 마을은 바로 사람으로 미어터지지.

　나와 아코는 언제나 모이던 찻집으로 돌아왔다. 그리고—.

　◆세티 : 늦었네.

　◆루시안 : 그래…… 좀 그렇게 됐다…….

　◆아코 : 에, 에헤헤…….

　당연하다는 듯이 기다리고 있던 세티 씨의 모습에 덜컥 어깨를 떨어뜨렸다.

3장

다른 게임 콜렉션

"……어쩔까."

미묘한 표정으로 컴퓨터 앞에 앉는 얼굴들을 둘러보며 나는 멍하니 중얼거렸다.

"어쩔까, 가 아니야. 너, LA 안 할 거야?"

"할 거야. 할 거긴 한데."

아직 나를 뺀 누구도 LA를 기동하지 않았잖아.

세티 씨가 얼굴을 내비치게 된 지 겨우 사흘이 지났지만 길드의 분위기는 꽤 나빠져 있었다.

결국 새로운 집회장소를 찾는 것도 산책을 한 것으로 끝났고, 해결책이 없었다.

"뭐야. 너, 상대가 마구 치켜세워주지 않으면 기분 나쁘다는 거야?"

"왜 그래? 너 오늘 왜 그렇게 시비조야?"

"그런 적 없어."

아코도 아니고, 놀아주지 않는다고 해서 기분 나빠하지 말라고.

그 아코는 일단 나와 함께 행동을 계속하고 있긴 했지만 네 명이 모두 모이지 않는 것이 스트레스였던 모양이었다.

최근 눈에 띄게 불안해보였다.

마스터는 평소와 다르지 않았지만— 그렇다고 해서 나와 뜻을 같이 하는 것도 아니었다. 좋아도 나빠도 늘 마이페이스였다.

"로그인하면, 또 있을까?"

나는 작게 중얼거렸다. 그러자 세가와도 작게 대꾸를 했다.

"있지 않을까. 네가 야생동물한테 먹이를 줘서 길들이는 것처럼 그 애가 해달라는 대로 다해줬으니까."

일부러 안 좋은 표현을 골라서 말하지 말아 줘.

"⋯⋯모두랑 같이 게임을 하고 싶네요."

"그렇지 뭐."

아코의 솔직한 의견이 곧 지금 우리 모두의 마음이었다.

우리는 의외로 긴 시간 동안 우리끼리만 게임을 계속해왔다. 외부 사람을 끼워 넣어서 같이 노는 일은 거의 없었다. 때때로 사람을 모으는 일이 있었어도 보통은 레벨이나 장비가 우리와 비슷한 사람들이었다. 초심자를 맞아들인다거나 하는 일은 기본적으로 하지 않았다.

역시 플레이 스타일이나 레벨, 장비 같은 것이 맞지 않으면 함께 게임을 해도 미묘하단 말이야. 우리가 골수 게임 폐인들과 섞이지 못하는 것처럼, 막 게임을 시작한 플레이어도 우리와 섞이면 게임을 즐기지 못한다. 하지만 서비스를 막 시작한 게임이라면 몰라도 지금의 LA에 진정한 의미의 초심자는 거의 존재하지 않았다. 그런 곳에 아직 게임에 익숙지 않은 사람을 혼자 내버려두는 것도 좀 말이지…….

"웅……."

"우."

다들 미묘한 분위기를 두른 채 화면을 바라보았다. 어떻게 할까.

그때 퍼뜩 뭔가가 내 머릿속을 스쳐 지나갔다.

"아……. 저기, 다들 내 얘기 좀 들어봐."

나는 밝은 목소리로 모두를 불렀다. 그러자 다들 멍하니 나를 쳐다보았다.

"전에도 말했지만, 여긴 딱히 LA부가 아니잖아. 온라인 게임부라고. 그럼 다른 온라인 게임을 해도 문제는 없는 거지?"

"……그건 분명히 그렇군. 온라인 게임이라면 뭐든 좋다."

"다른 게임을 하는 건가요?"

내 말에 반응해 축 늘어져 있던 길드 멤버들이 조금 고쳐 앉았다.

"그렇구나. 다른 게임이란 말이지."

"그래. 가끔은 괜찮지 않겠어?"

이전에는 각하된 의견이었다. 하지만 이번에는 내 그 말에 다들 눈을 반짝였다.

"전 괜찮아요."

"그래. 때로는 괜찮겠네."

"좋다. 그럼 새로운 게임을 고르도록 할까."

오, 오오. 단번에 통과됐다. 그런 연유로 오늘 활동 내용에 LA 플레이는 없었다.

딱히 세티 씨랑 같이 뭔가를 하는 게 싫지는 않았지만…… 뭐, 괜찮겠지. 다른 게임을 하는 것뿐이지 LA 안에서 피해 다니거나 그런 것은 아니니까.

아코에게 현실과 게임의 차이를 이해시킨다는 점에서도 다른 게임을 하는 것은 의미가 있었다. 게임을 바꾸면 게임 안에서의 서로의 위치가 달라지면서 루시안과 연결된 내 이미지가 바뀔지도 몰랐다.

—그런 건 단순한 변명이다. 그것을 자각하면서도 싫은 일에서 도망칠 수 있다고 생각하자 나는 점점 기분이 좋아졌다.

"그런데 무슨 게임을 하지?"

"그것도 그렇군. 온라인 게임도 종류가 많으니까. 네트워크 기능이 딸린 콘솔 게임도 포함하면 그야말로 저 하늘의 별만큼 많다."

"네크워크 기능이 딸린 콘솔 게임은 온라인 게임이라는 느낌이 아니잖아요."

"나는 유명한 게임은 일단 모두 다 한 번은 해봐야한다고 생각해. 그걸 온라인 게임부의 기초교양으로 채용하고 싶어."

"뭐야, 그 의무 같은 건."

의무 같은 것이 아니라 의무다, 의무.

"나, 이 목장 경영 시뮬레이션 게임을 한 번 해보고 싶어요!"

"떼거지로 육성(育成) 시뮬레이션 게임을 해서 어쩌자고?"

진짜, 갑자기 기운이 넘치는걸, 우리. 스스로 봐도 너무 우리 편한 것만 생각하는 것 같아.

"그럼…… 예, 그거요."

아코가 내 소매를 잡아끌었다.

"총으로 사람을 쏴 죽이는 게임을 하고 싶어요."

"아코. 옐로카드야."

"예에?"

위험한 발언에 세가와가 아코에게 옐로카드를 주었다.

응. 나도 타당하다고 생각해. 지금 그 발언은 많은 게이머에 대한 선전포고였어.

"참고로 레드카드를 받으면 어떻게 되냐?"

"학교에는 와야 하지만 부활동은 금지."

"너무 무거워요."

그럼 말조심을 하도록.

"그럼 FPS나 TPS, 슈팅계 게임으로 할까. 이런 일을 대비해 사전조사는 해두었다. 일단 기본 무료인 게임 중에서 평판이 좋은 것을 고르면 손해는 보지 않겠지.

"예이."

마스터가 고른 것은 FPS 게임, 울트라 포스였다. 아코의 말이 아니어도 일단 총으로 사람을 쏘는 게임이라고 생각하면 틀리지는 않는다. 단, 그 말을 입 밖으로 내는 것은 금지다.

우리는 살짝 오래된 느낌이 나는 공식 홈페이지에서 인스톨을 시작했다.

"루시안루시안, 등록은 어디서 하는 건가요?"

"거기 신규 등록이라고 쓰여 있잖아. 자, 여기 누르고, 이름이랑 주소 집어넣어."

"루시안. 바통터치."

"네가 직접 해…… 하여간에. 그래서 주소가 어떻게 돼?"

클라이언트는 크게 무겁지도 않아서 인스톨은 금방 끝났다.

"자, 그럼 해볼까. 적당히 초심자방에 들어가서 싸울래?"

"그게 낫겠지? 조작법도 아직 잘 모르니까."

"음. 랭크가 부족해서 유료 결제한 무기를 사용할 수가 없다."

"왜 처음부터 유료결제를 하는 거야? 마스터."

나는 의아하다는 시선으로 마스터를 쳐다보았다. 그러자 마스터는 그런 내가 더 이상하다는 듯이 말했다.

"이상한 건가? 이른바 시주라는 거다. 오픈 베타를 즐긴 게임이 유료 결제를 개시했을 때나 기대했던 게임을 시작할 때에는 일단 어느 정도 금액을 결제하잖나?"

"안 해."

그런 녀석이 있다고는 들었지만 설마 이렇게 가까이에 있을 줄이야. 역시 온라인 게임 유저들은 전생에 업보가 많았다. 그래서 지금 이 고생인 거다.

이 상태로는 좋은 운영진에게는 유저들 스스로가 유료결제 시스템을 제안해 우리 돈을 쥐어짜내 주세요, 라고 부탁하는 게임도 나올 것 같았다.

"어쨌든 시작하겠다. 다들 방에는 들어왔나?"

예이. 라는 대답으로 시합이 시작되었다.

규칙은 팀 데스매치. 말하자면 팀별로 서로 쏴 죽이는 것이다.

"팀— 데스매치!"

"아코, 시합 개시 벨을 흉내 내지 않아도 돼."

미묘하게 발음이 좋은 것이 화가 났다.

"너희, 최소한의 조작법은 알겠지? 이 방은 프렌들리 파이어가 있다. 조심하도록."

프렌들리 파이어, 다시 말해 아군에 대한 공격을 의미한다. 그러니까 이 방에서는 동료를 쏴죽일 가능성이 있는 것이다. 그 팀킬 행위가 너무 잦으면 방에서 쫓겨나기도 한다.

물론, 일부러 그러는 것이 아닌 이상에야 그렇게 자주 발생하지는 않지만.

"자, 그럼 일단 돌격해서 쏘겠어."

"너다운 말이다. 뭐, 나도 갈까."

슈가 철컥철컥 무기를 바꾸어 확인했다. 그리고 아코는 혼자서 이렇게 중얼거렸다.

"그러니까, 이 버튼이……."

그 직후, 「파이어 인 더 홀」이라는 음성이 네 개의 스피커에서 동시에 흘러나왔다.

쾅 하는 굉음과 함께 시야가 하얗게 변했다.

"……어?"

"아?"

빛과 연기가 걷히고 시야가 다시 회복됐을 때에는 내 체력은 멋지게 바닥나서 엎드린 채로 쓰러져 있었다.

"……대단하군, 아코. 시작하자마자 트리플 킬이다."

"다 아군이었지만 말이야."

"미, 미안해요!"

"과연. 자기 발밑으로 수류탄을 굴린 거로군."

우리의 첫 죽음은 어처구니없게도 아코의 자폭이었다.

"내 개인적인 생각이다만, 아코는 저격 쪽이 더 맞지 않을까?"

"저격이요?"

아코가 스나이퍼라고? 왠지 한 번 자리 잡은 곳에 뿌리를 내릴 것 같은데.

뿌리 내리다, 특히 뿌리내린 스나이퍼란 전선에서 멀리 떨어진 안전한 장소에 계속 틀어박힌 채 저격하는 스나이퍼를 말한다. 본인을 빼고는 이득을 보는 사람이 전혀 없기 때문에 기본적으로 적아군 모두 싫어한다.

그렇다고는 해도 아군에게 수류탄을 집어던지는 것보다는 낫지만.

"내가 라이플을 쓸 수 있을까요……?"

"좋은 방법이 있다. 알겠나? 아코. 적을 모두 리얼충이라고 생각하는 거다."

"리얼충…… 적들은 모두 리얼충……."

아코가 그렇게 중얼거렸다. 왠지 좀 무서운걸.

"자, 다시 가자. 요컨대 돌격해서 두 명만 죽이면 흑자라는 거야!"

"어, 그래."

우리는 다시 달리기 시작했다— 하지만 우리는 곧 다시 발을 멈추었다.

전선(前線)이라고 생각되는 근처에서 단속적인 폭발이 일어나고 있어서 도저히 나아갈 수가 없었다.

우와. 뭐야, 이 수류탄의 비는.

여기에서 수류탄 투척, 저기에서 파이어 인 더 홀, 이쪽에서 그레네이드 투척 등등. 하여간에 수류탄 던지는 것을 알리는 소리밖에 들리지 않았다.

"꺅! 수류탄을 피해 도망쳐 온 곳에서 수류탄이 떨어져 내렸어!"

"세가와…… 아까운 녀석을 잃었군."

나는 녀석의 몫까지 전진해야 했다. 나는 수류탄의 비가 내리는 전선을 누비며 앞으로 나아갔다.

나는 폭발을 피해 대놓고 숨으라고 놓아둔 것 같은 컨테이너 그림자에 몸을 숨겼다. 수류탄은 비처럼 쏟아지고 있지만 적은 없군.

그렇게 마음을 놓은 순간, 눈앞에 검은 복면을 쓴 적병이 튀어나왔다.

"아, 이런."

방심하고 있었기 때문에 손가락이 바로 움직이지 않았다. 반면, 적의 움직임은 좋았다. 벌써 내게 조준을 맞추었다. 맞는다.

그렇게 각오한 순간, 눈앞의 적병이 머리에서 피를 흩뿌리며 쓰러졌다.

……어라.

"해치웠어요, 루시안. 이 리얼충들. 우리의 괴로움을 뼈저리게 깨닫게 만들어요."

"지금 그거, 아코 네가 한 거냐? 덕분에 살았어."

설마 아코가 그렇게 깔끔한 헤드샷을 보여주다니, 뜻밖이었다.

"맡겨주세요. 루시안에게 손을 대게끔 놔두지 않겠어요."

"그, 그래."

아코가 믿음직스러웠다. 그런데, 이 위화감은 뭘까? 기쁜 것 같기도 하고 조금은 아쉬운 것 같기도 하고.

"후후후. 그 아름다운 머리를 단번에 날려주겠어요."

"너 좀 무서워, 아코."

"아아 진짜! 또 수류탄이야!"

세가와가 또다시 달려와서는 죽었다. 네가 무슨 멧돼지냐?

"참고로 마스터는 뭘 하고 있어?"

"맵을 확인해서 적이 반드시 통과할 것으로 예상되는 지역에 클레이모어를 설치하고 매복 중에 있다."

"이 악취미!"

"헤드샷! 또 해냈어요, 루시안!"

처음 하는 게임이었지만 뜻밖에도 우리는 불타올랐다.

지는 것을 싫어하는 세가와는 K/D[7]가 1이 넘을 때까지 그만두려 하지 않았고, 아코는 예상치 못한 활약을 펼쳤다. 그리고 마스터는 음험한 함정을 파놓고 누군가가 걸릴 때마다 기쁜 듯이 웃었다.

#7 K/D kill/death. 상대를 많이 죽이고 내가 적게 죽으면 오른다.

다 같이 게임을 하니 역시 즐거운걸.

어, 나? 난 점수가 가장 안 좋았어. 그냥 내버려 둬.

그게, 난 FPS 같은 건 잘 하지 못한다고. FPS는 게임을 계속한다고 레벨이 올라가서 캐릭터가 강해지거나 하지 않잖아. 플레이어 스킬이 올라가는 것은 좋지만, 그래도 역시 오랫동안 플레이하면 그에 걸맞은 특전을 줬으면 해. 그렇지 않으면 의욕이 안 난단 말이지. 왜, 이런 녀석들도 있잖아?

그건 그렇다 치고, 다음날.

나는 드물게도 아침 등굣길에 아코를 발견했다.

왜인지 겁먹은 모습으로 두리번거리는 것이 무척 수상해 보였기 때문에 바로 알아차렸다.

나는 바로 뒤까지 다가가 아코의 어깨를 가볍게 두드렸다.

"여, 아코. 잘 잤냐?"

"히이익!"

아코는 있는 대로 몸을 굳히더니 곧 나를 알아보고는 온몸에서 힘을 뺐다.

"아아, 루시안. 적인 줄 알았어요."

"이 세계에 적이란 게 어디 있다는 거야?"

"하지만요. 모퉁이를 돌 때마다 적병이 튀어나올 것 같아서 참을 수가 없어요."

"그 기분, 조금이나마 이해할 것 같은 게 싫다."

한참동안 FPS를 즐긴 후, 그저 길을 가는 것뿐인데 적이 숨어 있지 않은지 확인하게끔 되는 후유증은 분명히 있었다.

"그런 연유로 무서우니까 학교까지 같이 손을 잡고 가는 건 어떤가요?"

"그건 안 돼."

"우우우. 루시안, 너무 차가워요."

창피하지 눈에 띄지, 좋은 일이라고는 없었다. 뭐, 여자아이와 손을 잡고 학교에 가는 시추에이션에 조금이나마 동경을 품고 있다는 것은 부정할 수 없지만.

이렇게, 서로 손가락을 얽어매는 감각이라든가 그런 걸 상상하긴 하겠지만 말이다.

"뭐, 가방은 들어줄게. 자, 이리 줘."

"아, 이 느낌은 리얼충틱해요!"

"그렇겠지그렇겠지."

청춘이라는 느낌이 나서 기뻤다.

아니, 아코와는 그런 사이가 아니지만. 또, 이건 직결행위가 아니니까. 괜찮아, 괜찮아.

게다가 우리보다 조금 앞에서 걸어가고 있는, 저기 손을 맞잡고 있는 저 녀석들과 비교하면 훨씬 평범하고 말이지.

"하지만 역시 서로 손을 잡고 등교하는 건…… 부러워요……."

"나 쳐다보지 마. 주위 사람들한테 자랑하려고 저러는 것도 있으니까 거기 넘어가면 안 돼요."

"그렇다고는 해도 말이죠, 루시안. 이 살의를 어떻게 해야 할지 모르겠어요."

처음부터 살의를 갖지 마.

"아, 루시안. 나 역시 FPS에 잘 맞는지도 모르겠어요."

"갑자기 무슨 소리야."

"만약 손에 라이플이 있었다면 확실하게 저 녀석들의 머리를 꿰뚫어버렸을 거예요!"

"그만 해!"

"후후후후후. 훌륭해."

안 돼요. 이건 안 됩니다.

머릿속에서 리얼충들을 헤드샷하는 몽상을 하는 아코에게 나는 온몸을 떨었다.

"꽤나 좋아졌다고 생각했는데 말이야."

폭주 아코를 말리느라 체력이 완전히 방전돼서 정신을 차리고 보니 점심시간이었다.

아코의 게임과 현실을 구별하지 않는 버릇은 좀 나아졌다고 생각했는데 그렇지 않은지도 몰랐다.

뭐, 됐어. 얼른 밥이나 먹자.

나는 영차 하고 책상을 움직여 그 주변의 남자 녀석들과 책상을 붙였다.

학교가 끝난 후에 굳이 반 녀석들과 놀거나 하지 않는 내게 점심시간은 소중한 교류의 시간이었다. 공개된 오타쿠의 역할을 다하도록 하자. 오타쿠스러운 화제를 꺼내지 않는 이상 얌전히 있도록 하자.

"그런데, 니시무라. 좀 상담할 게 있는데."

반 녀석 중 한 명이 쓸데없이 진지한 표정으로 내게 말을 걸었다.

"뭔데."

"너, 컴퓨터에 대해서 잘 알지?"

"정말로 잘 안다고는 입이 찢어져도 말할 수 없지만 아마도 너보다는 잘 알겠지."

정말로 컴퓨터에 정통한 녀석의 발밑에도 미치지 못하지만 평범한 고등학생보다는 잘 알 것이다. 대개 그런 법이다.

조금 모호한 내 대답에 녀석은 고개를 끄덕였다.

"그걸로 충분해. 알고만 있으면 돼. 좀 알려줘."

"묻고 싶은 게 뭔데?"

"컴퓨터 안에 저장된 사진이나 동영상을 다른 사람이 찾지 못하게 하는 방법."

……아, 그러니까.

"너네 집 컴퓨터, 가족공용인 거냐?"

"……응."

"그건……."

저, 절실한 문제다!

나 역시 나만의 컴퓨터를 손에 넣기 위해 엄청나게 고생했기 때문에 이 녀석의 기분을 잘 알 수 있었다.

그러니 굳이 어떤 사진인지는 묻지 말자. 그것이 녀석에 대한 내 최후의 동정이었다.

"그렇군. 그럼, 일단 당장 떠오르는 방법이 다섯 개 정도가 있는데."

"진짜냐! 니시무라, 과연 믿음직스러워!"

"어? 방법이 있는 거야?"

대화를 듣고 있던 다른 녀석도 대화에 끼어들었다. 역시 이건 공용 컴퓨터를 사용하는 남자들에게는 절실한 문제구나.

"방법으로는 설정을 바꿔서 감춘 파일을 표시하지 않고 숨김 파일로 만드는 것, 폴더 자체에 암호를 거는 것, 전용 프로그램을 이용해 감추는 것, USB메모리 등 다른 저장장치에 모두 저장하고 컴퓨터 자체에는 흔적을 남기지 않는 것 등이 있지. 가능하다면 마지막의 다른 저장장치에 저장하고 자기가 보관하는 것이 가장 안심할 수 있지."

"흠흠."

다들 고개를 끄덕이며 진지하게 내 말을 듣고 있었다.

"하지만 그 경우, 사진이나 동영상을 보려면 그 저장장치를 항상 갖고 다녀야 하고, 또 주변 사람들이 매번 요상한 걸 컴퓨터에 꽂는다고 수상쩍게 생각할 수도 있어. 그래서 순순히 컴퓨터 안에 숨긴다고 한다면, 내가 추천하는 건 『은폐파장공격』이다."

"그 멋있어 보이는 전법은 뭐냐!"

전혀 안 멋있어. 수법은 지극히 간단하고 단순해.

"간단히 말하면 적당한 제목의 폴더를 만들고 그 안에도 똑같은 제목의 폴더를 무수히 만드는 거야. 구성을 초(超) 다중구조로 한 뒤, 그 중 하나의 폴더에만 진짜로 파일을 넣어두는 거지. 진짜 폴더가 아닌 폴더에는 뭔지 알 수 없는 파일들을 잔뜩 넣어둬서, 저 깊은 곳까지 정확한 폴더를 골라 나아가지 않으면 목적하는 파일에 다다를 수 없게 하면 돼. 이것이 파장공격이다. 그리고 사진이나 동영상의 확장 자를 다른 것으로 변경해서 직접검색에 대비를 해두ㅡ."

그때, 교실의 스피커에서 딩동댕동하는 호출음이 흘러나 왔다.

『학생회장인 고쇼인입니다. 1학년 2반 니시무라. 급히 학생 회실로 와 주시길 바랍니다. ㅡ반복합니다. 1학년 2반의 루 시…… 니, 니시무라. 지금 바로 학생회실로 오도록. 이상.』

딩동댕동, 방송이 끝났다.

고쇼인이라고 이름을 댄 대로 마스터의 목소리였다. 그런 데 뒤에 가서는 루시안이라고 말할 뻔한 바람에 원래 어조 가 튀어나오고 말았어, 저 사람. 학생회실까지 오도록, 이

뭐냐, 오도록, 이.

"회장이 지금 부른 거 니시무라지? 하지만 니시무라, 학생회가 아니잖아? 그런데도 회장이 직접 부르다니, 너 대체 무슨 짓을 한 거냐?"

"것보다 회장이라면 그 사람이잖아. 우리 학교 높은 사람 딸에 성적도 좋은 그 사람."

"하지만 다른 학생들과는 거리를 두고 있는 여왕 같은 사람이지."

"그런 사람에게 바로 오라는 말을 들은 거냐, 너."

"그런 것 같다."

점심시간에 오라고 부르는 일은 드물었지만, 그래도 대단한 일은 아닐 것이다. 상대는 그 마스터이고 하니 말이다. 하지만 그렇게 가볍게 생각하는 나와 정반대로, 주변에 있던 녀석들은 모두 먼 산을 바라보는 눈을 하며 내게서 멀어졌다.

"안녕, 니시무라. 부디 건강해라……."

"무사히 돌아오면 하던 얘기 마저하자."

"니들, 왜 내 사망 플래그를 세우는 거냐."

어깨를 탁 얻어맞았다. 돌아보니 타카사키가 해맑은 미소로 나에게 엄지를 세우고 있었다.

"아코라면 나한테 맡겨둬!"

"타카사키, 아코가 너는 정말로 생리적으로 무리라고 그랬는데."

"크허어어어억!"

"타카사키!"

"타카사키! 타카사키!"

요란하게 격침당한 타카사키를 내버려두고 자리에서 일어
섰다. 점심인 빵도 덤으로 가져가자.

교실을 나오기 전에 책상에 앉아 수다를 떨고 있는 여학
생에게 눈길을 돌렸다. 당연히 방송을 들었을 세가와가 나
에게 눈을 돌렸기에 잠깐 눈빛으로 물었다.

『이봐, 뭔가 들은 거 있어?』

『아무것도. 이런 시간에 드무네.』

『그렇지? ……대체 무슨 용건인지 원.』

내가 고개를 갸웃하자 세가와가 살짝 어깨를 으쓱했다.

『마스터가 뭘 꾸미는지 알 리가 없잖아.』

『그야 그렇지.』

지당한 말이다.

악의가 없는 건 틀림없기 때문에 그 점은 신용하고 있긴
하지만.

『뭐, 편하게 갔다 올게.』

『그래그래. 힘내.』

뭐야 남 일처럼— 아니 실제로 그렇게 말했는지는 모르겠
지만, 80% 정도는 맞을 거라는 확신이 있었다. 표정과 시

선, 약간의 동작으로 전해지니까.

그런데 세가와하고는 이렇게 눈과 눈으로도 대화가 가능한데, 어째서 신부인 아코랑은 그렇게도 어긋나는 걸까. 그녀석, 오히려 알고 있으면서도 모르는 척 하는 거 아냐?

"아카네, 니시무라하고 정말 사이좋네~."

"뭐?"

아키야마가 우리를 보고 히죽히죽 웃고 있었다.

"그치만 조금 전부터 니시무라를 바라보며 뭔가 커뮤니케이션 하고 있었잖아? 눈과 눈으로 대화하는 느낌?"

"무, 무슨 소리를……."

오오, 세가와가 당황한다. 진정해, 진정해. 동요하면 오히려 더 엉망이 되니까.

"아키야마, 그쯤에서 그만둬. 나중에 불평을 듣는 건 나란 말이야."

그치? 라고 말하며 쓴웃음을 지었다. 평소라면 미안미안하고 웃으며 이야기가 끝날 상황이다.

그러나 아키야마는 어딘가 납득한 듯이 끄덕였다.

"그냥 자학소재라고 생각했었는데~ 이렇게 보니 니시무라가 아카네를 감싸주고 있네~ 역시 자상하구나, 니시무라."

"뭐……?"

"왜 내가 저런 거한테 보호받아야 하는 건데. 진짜 그만

해, 진지하게 기분 나쁘니까."

"그렇게 싫어하는 표정이 말이지~?"

다시 뭔가 이야기를 하고 있지만, 세가와가 시선으로 『빨랑 가!』라고 말했기 때문에 순순히 교실을 나왔다. 뒷일은 스스로 어떻게든 할 것이다. 분명.

그런데 요즘 아키야마가 묘하게 나랑 세가와를 엮네. 모두에게 오타쿠 커밍아웃을 하기 전에 그만둬줬으면 좋겠는데 — 그런 생각을 하면서 학생회실로 갔다. 한번 간 적이 있던 그 방이다.

일단 똑똑 노크를 했다.

"저기, 니시무라인데요."

"잘 왔다. 들어와라."

안에서 들린 거만한 목소리는 마스터였다. 이 말투가 또 엄청 잘 어울리는 게 굉장하다.

"그럼 실례합니……다……."

사양 않고 문을 열어서 안을 들여다봤다.

"어서 오세요. 루시안."

그곳에는 만면의 미소를 짓고 있는 아코가 새색시 같은 표정으로 기다리고 있었다.

쾅! 하고 반사적으로 문을 닫았다.

"어, 지, 지금 이건……."

끼기기기기기긱. 삐걱대는 소리를 내며 문이 열렸다.

"루~시~아~안?"

"히익?!"

문이 끼기긱 열리고, 그곳에서 나온 건 나를 원망스럽게 바라보는 아코의 얼굴. 우와 무셔, 저주받을 것 같잖아. 아니 이미 저주받은 것 같아.

"어째서 닫은 건가요오오오."

"미안, 반사적으로 그만."

"그 조건반사가 이상하다고요! 저는 그곳에 루시안이 있다면 남자탈의실이라도 개의치 않고 뛰어들 수 있을 정도인데!"

"앞으로의 학교생활을 위해 지금 당장 그 병을 치료해 줘."

실제로 했다간 엄청난 사태가 벌어진다.

"뭐, 서서 이야기하기도 그렇군. 들어와라."

안에서 마스터가 말했다. 아직도 원망스러워 보이는 아코의 등을 밀고 학생회실에 들어갔다.

마스터는 회의용으로 둥글게 늘어선 책상 한쪽에 앉았다.

"그래서, 둘을 불렀다는 건 또 아코 관련 내용인가요?"

"기대하게 해서 미안하다만, 아코 군은 상관이 없어."

어라, 그런가? 난 아코가 또 뭔가 저질렀다고 생각했는데.

"저는 진지하게 노력하고 있어요. 수업 중에도 쉬는 시간에도 얌전히 있고, 매점에 모이는 사람들에게 전방 수류탄을 해주고 싶었지만 참았다고요."

"생각한 시점에서 진지하지 않은데."

그리고 쉬는 시간은 다소 떠들어도 괜찮아. 얌전히 있지 않아도 된다고.

"그런데, 그렇다 치면 둘이서 뭐 하는 건가요?"

"당연한 소리를!"

마스터는 엣헴 하고 가슴을 폈다.

"나는 『학교생활에 불안감을 느끼는 하급생의 상담을 받아주는 학생회장』을 하고 있었다."

"저는 『학교생활에 불안감을 느끼고 학생회장에게 상담하는 1학년』을 하고 있었어요!"

아코도 의기양양하게 외쳤다.

"그걸 변명 삼아 학생회실을 점령하고 있었다는 건가……."

"변명이라니 듣기 안 좋군. 이것도 한쪽 면만 떼어내면 사실이긴 하지 않나."

"애석하기 짝이 없네요."

제대로 상담을 받아준다면야 사실이긴 하겠지. 아코는 학교생활에 불안감을 느끼고 있으니까 상담하고 싶은 것도 있겠고. 그렇게 생각해서 아코에게 눈길을 돌리자 그녀는 씨익 미소를 지었다.

"깜짝 놀랐어요. 이렇게 믿음직스럽지 않은 마스터는 처음이에요."

"학교생활의 상담 같은 건 뭘 물어도 모르니 말이다."

핫핫핫핫핫, 하고 둘이서 사이좋게 웃었다.

"뭐야 그게……."

한숨을 내쉬며 나도 빵을 입으로 옮겼다. 식은 크로켓 샌드위치의 맛은 그렇게 싫지 않았다.

참고로 내 점심은 80%가 매점의 빵이고 남은 20%는 아코의 도시락이다. 원래 나는 집에서 도시락을 싸왔지만, 아코가 가끔 만들어주기 때문에 지금은 빵을 먹고 있다.

아니, 아코 본인은 매일 만들어 주겠다고 했었는데, 졸렸다든가 늦잠을 잤다든가 조금 의욕이 없었다든가 하는 이유로 그다지 가져오질 않는단 말이지. 잘난 듯이 불평을 늘어놓을 생각도 없었기 때문에 만들고 싶을 때 부탁한다고 말해뒀다.

"사실은 수업도 여기서 혼자 동영상으로 듣고 싶은데요. ―아! 집에서 동영상으로 수업을 들으면 집에서 한걸음도 나오지 않아도 괜찮죠?! 완벽하지 않나요?!"

"체육은 어쩔 거야?"

"LA 안에서 운동할게요."

"그건 그냥 몸 잡고 있을 뿐이잖아."

사냥을 체육이라고 부른다면 나는 언제나 만점이야.

빵 같은 걸 먹는 데는 그다지 시간이 걸리지 않는다. 적당히 배가 찬 시점에서 이미 마스터도 도시락을 정리하고 있었다.

"그럼 결국 무슨 용건이었나요? 회장."

"존댓말은 필요 없다고 했잖나. 실은 루시안에게 약간의 잡무를 부탁하고 싶었거든."

"그런 건 평범하게 학생회 지인에게 맡기면 되는 게……."

"루시안, 나한테 그렇게 편하게 말을 걸 수 있는 지인이 과연 있을지 잘 생각해보고 다시 한 번 말해주지 않겠나?"

마스터가 싱긋 미소를 지었다. 다음에 똑같은 소리를 했다간 그 자리에서 퇴학시켜버린다, 같은 무시무시한 압력이 느껴졌다. 죄송합니다, 정말 죄송합니다.

"……아뇨, 아무것도 아닙니다."

"좋아. 그럼 가지."

우리가 일어서자 아코가 허둥지둥 손을 들었다.

"어디로 가시는 건가요? 저도 함께—."

"행선지는 교무실이다."

"다녀오세요!"

그리고 그 손은 즉시 내려갔다.

바로 바꾸다니, 빠르잖아. 나 참.

"대단한 일은 아니니 걱정 마라. 따라오도록."

"열심히 하세요~."

아코가 팔랑팔랑 손을 흔들며 우리를 배웅했다.

젠장, 나도 아코랑 느긋한 점심시간을 보내고 싶다.

"일부러 오게 해서 미안해."

교무실에서 기다리고 있던 건 양손을 짝 맞댄 고양이공주 씨— 사이토 선생님이었다.

"아뇨. 문제없습니다. 저희 현대통신전자 유희부에게 맡겨주시죠."

마스터는 가슴을 쫙 펴며 받아들였지만 난 아직 아무것도 못 들었다고. 우리는 대체 뭣 때문에 불려온 거야?

"저기…… 저는 뭘 해야 하나요?"

"그게 말이지. 이 컴퓨터를 봐줬으면 좋겠어. 카시와기 선생님 건데."

선생님은 데스크탑 본체를 쿡쿡 찔렀다.

"컴퓨터 보안이 위험하다! 다가오는 OS 지원 종료! 같은 뉴스를 보고 카시와기 선생님께서 억지로 OS의 업데이트를 하려고 하다가 도중에 불길한 예감이 들어서 중단했더니 작동이 이상해졌다고 말씀하시지 뭐니."

"그야 당연히 이상해지죠."

업데이트를 도중에 중단하는 건 위험한 일의 대표 같은 거란 말이지. 이상해지지 않는 게 더 이상하다.

"기반 부분을 건드리기 전에 중단했으니까 대부분은 원래대로 돌아갔나 봐. 하지만 일부 프로그램이 불안정하고, 특히 엑셀이 제대로 작동하지 않는다고……."

"그걸 고쳐달라는 건가요?"

"그런 셈이야."

요컨대 교실에서 들은 것과 비슷한 건가. 우리한테 부탁하는 건 대부분 이런 거긴 하지. 하지만 뭐, 컴퓨터 조립하는 법을 가르쳐달라거나 컴퓨터를 조립해달라고 부탁하는 것보다는 낫다.

"그리고 확인해보니 복원지점은 자동설정으로 3일 전 것까지 만들어져 있었어. 이게 엑셀 인스톨용 CD. 최악의 경우는 OS 디스크도 있지만, 이건 정말로 최악의 경우일 때 부탁해. 백업을 하고 다시 깔려고 했다간 쉬는 시간이 끝나버리니까."

"…………하아."

지금 의뢰주한테 수복방법을 지시받는데, 내가 할 필요 있나?

온라인 게임 같은 걸 하고 있으면 자동적으로 컴퓨터에는 박식해지는 법이니, 이거 그냥 고양이공주 씨가 해도 되지 않아? 같은 생각이 들었다.

"저기, 고양— 사이토 선생님. 스스로 고칠 수 있지 않으신가요?"

"무리야, 무리. 나 컴퓨터 같은 건 잘 모르는걸."

싱글벙글 표리 없는 미소로 그렇게 말씀하신다.

"왜 또 그런 세가와 같은 짓을…… 하기야 하겠지만요. 큰 문제는 아닌 것 같으니."

"고마워. 일단 학교 컴퓨터니까 이상한 걸 보지 않도록 내가 감시할게."

이상한 거라니 뭔가 할 만한 여지 같은 건 없다고. 일단 복원지점을 써서 PC 내부를 원래대로 돌려놓고, 그걸로 움직이지 않으면 소프트를 다시 인스톨. 최악의 경우는 백업을 한 뒤 클린 인스톨. 고양이공주 씨가 그렇게 말했잖아.

최초 복원지점으로 돌리는 건 고작 몇 분밖에 걸리지 않았다. 컴퓨터가 위잉위잉 울리는 걸 지켜봤다.

"어떠냐, 니시무라. 고쳐질 것 같냐?"

"으음, 아직 잘 모르겠네요."

"하긴 그런가."

40대 후반 정도인 일본사 교사, 카시와기 선생님이 쓴웃음을 지으며 말을 거셨다. 나도 이 사람의 수업을 듣고 있지만, 퀄리티 높은 프린트 같은 건 한 번도 본적이 없었지. 분명 컴퓨터를 쓰는 게 서툰 것이다.

"일단 지금부터 켜볼게요. 이걸로 기동되면 편하겠지만…… 오."

화면에 엑셀의 기동화면이 표시되었다.

"켜졌나. 허어, 간단하게 낫는구나. 선생님은 반나절을 만졌는데도 켜지질 않던데."

"이런 건 아느냐 모르느냐에 따라 갈리니까요."

인터넷 세계는 광대해서, 자신과 똑같은 실수를 저지른 인간이 반드시 있다. 그 경험을 참고하면 대부분의 문제는 해결할 수 있다.

"하마터면 시험 준비를 못할 뻔 했거든. 고맙구나, 니시무라."

카시와기 선생님은 진심으로 기쁜 듯이 말씀하셨다.

나는 진심으로 후회했다.

"……고치지 말걸."

"결과는 모르는 법이야. 공부해라."

선생님은 그렇게 말씀하시며 핫핫핫 웃으셨다. 자기 문제가 해결되니까 마음 편하게 말하기는.

"하지만 통신전자 어쩌고부, 의외로 열심히 하는 모양이구나. 고쇼인."

"능력과 의욕을 가진 인간에게는 그것을 살리고 발전해나갈 자리가 필요한 것일 뿐입니다. 저희는 언제라도 도움이 되어드릴 수 있습니다."

"하하하, 이쪽 일은 너희들에게 맡길까."

"네. 기다리고 있겠습니다."

마스터는 가슴을 폈다. 말이야 좋지만, 과연 어떨까. 우리는 온라인 게임부지 전뇌 심부름꾼부는 아니란 말이지.

"두 사람 다 고마워. 나로서는 도저히 못하겠어서."

"허어……."

아니, 할 수 있잖아요, 라는 태클을 참는 사이 사이토 선생님은 얼버무리듯이 웃으며 윙크를 했다. 괘, 괜찮긴 하지만, 딱히 큰일도 아니었고. 아니, 조금 두근두근한 건 아니거든?

"그럼 실례하겠습니다."

"실례하겠습니다."

교무실에 오래 있는 것도 거북하기 때문에 냉큼 탈출하기로 했다. 아직 사람이 많은 교무실 앞 복도에서 만족스러운 모습의 마스터에게 물었다.

"근데 지금 이건 무슨 일이야, 마스터. 우리가 할 필요는 없던 거였잖아."

"그렇진 않아."

마스터는 후훗 웃었다.

"니시무라 군, 이 학교에는 컴퓨터부가 없다는 걸 아나?"

"부활동 소개에 없었으니까 없다고 생각하긴 했는데."

만약 있었다면 들어갔을지도 모른다. 약간 흥미도 있었고.

하지만 그런 부에 들어갔으면 온라인 게임부처럼 귀여운 아이는 절대로 못 만났겠지.

"그 이유 말이다만, 우리 학교는 현재 전자공학에 박식한 교사가 한 명도 없다."

"한 명도라니, 아무도?"

"음. 최저한이라면, 같은 교사는 몇 명 있지만 그뿐이지.

그렇기에 이런 전자기기 문제에 대응할 수 있는 인간이 없는 거다."

그건 곤란하겠네. 이런 사소한 문제로 수리공을 부른다면 끝이 없다.

"거기서 우리 차례인 거지. 원래대로라면 돈을 내야 하는 문제를 학생이 무료로 해준다는 건 교사들에게도 상당한 쾌감일 거다. 과금 아이템을 쓰는 쾌감은 너무나도 멋지지만, 똑같은 짓을 무과금으로 하면 그것 역시 커다란 쾌감이니 말이지."

"그 예시는 이상한데."

그보다 멋대로 교사를 대표해서 학생을 험하게 취급하고 있는데 괜찮나? 여기 교무실 코앞인데, 혼나지 않으려나?

"어찌 됐든, 이렇게 이용가치와 존재가치를 드러내는 것이 우리 부활동의 존속으로 이어지는 거다. 결국 중요한 건 매일매일 해나가는 수수한 활동이지. 이것도 중요한 일이야."

그렇게 말하면 그런 것 같기도 하다. 온라인 게임부 도움이 되네, 라는 평판이 퍼지면 바로 뭉개지지는 않을 것 같고.

"하지만 이번에는 고양이공주 씨가 하면 그걸로 해결 아니었어?"

"그것 역시 문제가 있다."

마스터는 문이 열려있는 교무실로 시선을 던졌다. 고양이공주 씨가 프린트에 뭔가를 적고 있었다.

"저 카시와기 교사는 꽤나 고루한 사고방식을 가졌거든. 전자기기는 전혀 모르지만, 남자가 여자에게 기계 다루는 걸로 뒤지는 건 탐탁지 않다는 게 그의 인식이야. 그렇기에 사이토 교사 같은 젊은 여성이 뚝딱 수리해버려서는 그의 자존심이 상처를 입지."

"연하의 여자가 해준다면 오히려 기쁜 일 아닌가?"

"루시안의 변태적인 성벽은 제쳐놓고, 그는 그런 생각을 갖고 있다는 거다."

"그런 성벽은 없어!"

내가 이상한 거야?!

아니, 솔직히 기계 다루는 걸로 뒤져도 딱히 상관없지 않나? 라고 생각하지만, 사실 그런 아저씨들이 의외로 많긴 하지.

"그렇기에 사이토 교사가 수리를 해버리면 앞으로 두 사람의 관계에 악영향을 주게 될 거다. 그건 좋지 않지. 그와 같은 타입을 상대할 때는 알기 쉬운 도피처를 만들어주는 게 상책이야."

도피처라. 변명이나 납득할 수 있는 이유라는 건가.

"그래서 그게……."

"오타쿠 같은 학생이 모인 현대통신전자 유희부, 라는 거다. 그 녀석들이라면 이런 게 특기니까 뭐든 할 수 있어도 이상하지는 않다. 자기도 젊은 시절에는 어지간한 어른보다도 기계를 잘 알았다— 같은 해석을 하고 있겠지. 그리고 저런 타입은 일단 인정해버리면 그 다음부터는 든든한 뒷배가 되어 주거든. 우리에게도 이익이 되지."

"허어, 그런 건가."

하긴 온라인 게임부에게 부탁할 수는 있어도 학생 한 명에게 부탁하는 건 이상하긴 하지.

그런 이상한 편애 같은 건 자주 문제가 되니까, 써먹는다면 그룹 단위가 아니라면 곤란하다는 건가.

"사이토 교사도 아직 신임이니까. 컴퓨터 관련 서무를 떠맡을 물리적 여유는 그다지 없을 거다. 게임이나 컴퓨터 같은 젊은이 취향을 가졌다고 인식되는 건 좋지 않아. 그렇기에 우리가 떠맡으면 그녀에게도 이익이 되지. 상부상조라는 것이다."

"여러모로 생각하고 있구나."

선생님에게 잡무를 부탁받았을 때는 그 뒷배경 같은 건 생각하지 않았는데. LA 안에서도 대형 길드는 『외교』 같은 걸 하고 있으니, 길마들은 그런 생각으로 움직이는 걸까.

"뭐였더라, 제왕학 같은 거라도 배우고 있어?"

"인심장악술이라고 말하는 편이 올바르겠군. 평범하게 이야기를 나누는 중에도 상대의 심리상황을 예측하고, 자신에게 최선의 결과가 되도록 유도하는 거다. 기분 좋은 일은 아니지만, 때로는 편리하기도 하지. 예를 들면 이런 식으로—"

"어엉?!"

갑자기 마스터가 내 어깨를 끌어안았다.

홀쭉한 몸이 나를 등 뒤에서 끌어안고, 말랑말랑하고 부드러운 뭔가가 등에 눌린다. 어, 이거, 조금 굉장…… 아니 잠깐, 아냐아냐, 이런 건 안 돼!

좋지 않은 감정에 삼켜질 뻔한 머리를 흔들며 곧바로 마스터에게서 몸을 떼어났다.

"까, 깜짝 놀랐네. 왜 그래, 갑자기."

"약간의 포상, 이라고 생각했다만. 아코 군이 똑같은 짓을 해도 이런 반응은 보여주지 않았잖나. 루시안."

"그야, 그 녀석은 신부니까."

LA의, 라고 마음속으로 덧붙였다. 하지만 진짜로 놀랐다. 심장이 굉장한 기세로 쿵쾅대고 있다. 그치만 그게, 저게 있잖아, 그게 거시기해서.

눈앞에 있는 가슴에 빨려 들어갈 것 같은 시선을 필사적으로 참는 나를 향해 그녀가 말했다.

"지금 이 일로 너와 나의 거리감을 계측하고, 또한 루시안이 아코 군을 성실하게 대하려 한다는 것을 자각하게 만들 수 있지. 이러면 아코 군을 대하는 루시안의 태도가 조금 완화되고, 그녀의 스트레스도 풀어줄 수 있고, 그리고 그렇게까지 싫어할 필요는 없잖아, 라며 나는 조금 쓸쓸한 마음이 든다는 효과가 있다는 거다."

"뿌리친 건 미안해."

싫어한 건 아니야, 깜짝 놀랐을 뿐이니까.

그나저나 아코의 스트레스를 풀어준다라. 그래서 점심시간에는 아코를 위해 학생회실을 열어준 건가. 오늘 일도 나를 이렇게 잡일에 쓰는 것으로 부활동에 대한 귀속의식을 갖게 만들려고 했다거나? 아코가 점심시간에는 학생회실에 있다는 것을 가르쳐준 걸로도 의미는 있으려나. 가끔 얼굴을 내밀어볼까 하는 생각이 드니까.

흠흠 하고 끄덕이는 사이 마스터가 조금 자조적으로 웃었다.

"루시안도 내가 성격 나쁜 여자라고 생각하나? 솔직히 말하자면, 나 스스로도 이 성격으로 친구를 만들 수는 없다고 납득하고 있어."

"아니 그다지. 오히려— 딱히 아무래도 좋은데?"

사나운 매의 포즈를 이미지하면서 말했다.

"온라인 게이머 같은 건 기본적으로 뇌가 근육으로 되어 있으니까 잡다한 부분은 마스터에게 맡길게. 우리를 써먹을 수 있다면 적당히 써줘도 좋으니까."

게임 속에서도 그런 느낌이다. 이 퀘스트를 악용하면 경험치가 짭짤하다! 라고 외치는 마스터에게 질질 끌려가는 게 일상이고.

"……그래도 되는 건가?"

"솔직히 말해서 다들 마스터가 생각하는 것만큼 이것저것 생각하는 게 아니니까. 고양이공주 씨도 단순히 앞으로의 잡일을 우리에게 떠넘기기 위해 시킨 거 아닐까?"

"사이토 교사도 네가 생각하는 것만큼 엉성하진 않아. 사회인이라는 건 누구나 그 직장에서의 의식을 최우선으로—."

"사이토 선생님~."

교무실 앞에서 대화를 나누던 우리 눈앞에서 학생 한 명이 고양이공주 씨를 불렀다.

어영부영 대화를 그만두고 지켜보니, 교무실에서 나온 고양이공주 씨는 학생을 보며 쓴웃음을 지었다.

"늦었네. 자, 압수했던 휴대전화."

"돌아왔다~ 내 휴대전화~!"

학생은 돌아온 휴대전화를 살짝 뺨으로 쓰다듬었다.

"선생님, 휴대전화 압수하는 거, 그만두지 않을래요?"

"있잖아. 쉬는 시간 정도라면 휴대전화 만지작거리는 것도 못 본 척 하겠지만, 아무리 그래도 수업 중에 휴대전화로 게임을 하면 나도 압수할 수밖에 없어."

고양이공주 씨가 설교를 하는 모습을 보며 마스터는 어떠냐는 듯이 말했다.

"봐라. 사이토 교사도 제대로 의무를 다하고 있지 않나."

"그러네."

헤에, 고양이공주 씨가 선생님다운 행동을 하고 있잖아.

의외로 착실하게 선생님을 하고 있다는 건 알고 있었지만, 역시 『냐아☆』의 이미지가 강해서 위화감이 있다.

하지만 이렇게 보니 확실히, 여러모로 생각하면서 우리들을 지도하거나 일을 하고 있는 거구나.

"그치만 선생님, 게릴라 이벤트가 있었단 말이야. 수업 중이라도 해두지 않으면 아깝잖아."

"무슨 소리니. 어차피 무과금이니까 몇 번 정도 가면 충분하잖아. 쉬는 시간만으로 끝내두렴."

……응?

어라, 왠지 상황이 이상하게 돌아가는데?

"선생님, 그게 아니라니까. 우리 파티는 약해서 쉬는 시간으론 부족해."

"이벤트 던전에 강하고 약하고는 상관없잖니. 잠깐 보여주렴…… 아아 정말, 이 편성은 뭐니. 이래선 시간이 걸리는 게 당연하지. 자, 박스를 열어봐."

"네에."

어라, 왜 저 사람은 국어 문제를 틀린 학생을 꾸짖는 텐션으로 모바일 게임의 파티 편성을 잘못한 학생을 꾸짖는 거지?

이상하지 않아? 어? 내가 이상한 거야?

"자, 보렴. 일단 이걸로 상당히 빨라질 거야. 익숙해지면 쉬는 시간만 해도 충분히 끝날 테니까."

"우와! 선생님 박식하네. 랭크 몇이야? 나는 130인데."

"380이야."

"……응?"

"내 랭크는 380이야."

"…………그, 그렇구나."

고양이공주 씨는 명백하게 기겁해하는 학생을 의기양양한 표정으로 보고 있었다.

"어이 마스터. 저기 게임에 너무 몰입해서 학생조차 질색하는 선생님이 있는데, 정말로 학교에서의 입장 같은 걸 생각하고 있는 걸까?"

"……미안하군. 내가 잘못했다."

온라인 게이머는 어디를 가도 온라인 게이머인가…….

"뭐, 사이토 교사는 둘째 치고. 너나 아코 군을 위해서든 나 자신을 위해서든, 가능한 범위 안에서 우리 부의 이익이 되도록 움직이고 싶군. 루시안도 협력 부탁하마."

"나한테 가능한 거라면 상관없지만."

"가능하고말고. 그야말로 아코 군의 아군이 되어주기만 하면 그걸로 충분해."

"그거야 처음부터 아군이잖아."

"……그렇군. 하긴 그랬지."

그 히죽대는 표정은 뭐야, 마스터. 그만둬, 그만두라고. 아코가 내 아군으로 있어주니까 나도 당연히 아코의 아군이란 말이야.

그리고 말이지. 나도 알아. 같은 반에 친한 친구가 없더라도, 다른 반에 친구가 있어서 점심시간에 놀러 간다든가, 하교를 같이 한다든가, 그러면 굉장히 마음이 편해진다고.

"뭐, 냉큼 돌아가서 신부의 기분이라도 풀어 줄게."

"그거 좋군."

그렇게 돌아온 학생회실에서, 아코는 조용히 창밖을 보고 있었다.

"나 왔어, 아코. 뭐 하냐. 바깥을 보다니."

"아뇨…… 저기 좀 보세요."

아코는 창문 바깥, 안뜰에 나란히 앉은 남녀를 가리키며 말했다.

"여기라면 간단히 머리를 날려버릴 수 있겠다~ 라고 생각해서……."

"안~돼!"

"그런고로, FPS는 중지."

그날 부활동에서 나는 슈팅 금지령을 내렸다.

"횡포에요! 저도 도움이 될 수 있는 게임이었단 말이에요!"

"으음, 모처럼 과금한 아이템을 써보려고 했건만."

"그치만 어쩔 수 없잖아."

아코와 마스터는 불만이었지만 세가와는 전날의 멧돼지 플레이로 새하얗게 타버린 모양이었다.

"아코의 병이 악화돼서는 부활동의 의미가 없는걸."

"그치? 슈는 잘 아네."

"으음…… 별수 없군. 그럼 조금 팬시한 걸 골라볼까."

딸각딸각 마우스를 조작하던 마스터는 다른 게임의 공식 사이트를 열었다.

"한 가지 추천할 게 있다. 타이틀은 『벌꿀 이야기』고, 보는 대로 평화로운 게임이다."

"괜찮네. 사람의 마음을 평온하게 하는 게임이 최고야."

"제 리얼충 말살계획이……."

그만두라고 했잖아.

벌꿀 이야기는 그 이름대로 그야말로 팬시하고 따스한 화면의 횡스크롤 게임이었다.

방향키로 캐릭터를 좌우로 움직이고, 초반에 필요한 버튼은 공격과 점프. 조작은 금방 익숙해졌다.

"흐음, 평면이네."

"음. 옆으로밖에 이동할 수 없지. 나머지는 점프뿐이다."

"저한테도 그다지 어렵지 않아요."

초보자라도 조작하기 쉬운 게임성이 훌륭하다. 아코는 처음에는 불만이었지만 곧 자기도 간단히 조작할 수 있는 귀여운 캐릭터를 보며 흐뭇해했다.

출현하는 몬스터도 어딘가 밉지 않은 모습을 가진 버섯이나 슬라임뿐. 플레이해도 마음이 끓어오르지 않는다. 이거야, 우리는 이런 게임을 통해 아코의 마음을 풀어줘야만 했던 거야.

"일단 사전지식은 모아뒀다. 마을 근처에 있는 벌꿀 공원으로 가자. 그곳이 초보자에겐 최적의 사냥터거든."

마스터의 안내로 맵을 이동하자, 그곳은 수많은 버섯, 슬라임, 그리고 플레이어가 우리를 기다리고 있었다.

"저기, 마스터? 왠지 사람이 엄청 많은데요?"

"적도 엄청 많으니 문제는 없을 거다. 여기서 사냥하자."

"네~에."

지시대로 버섯을 잡았다. 슬라임을 잡았다. 버섯을 잡았다. 가끔 플레이어와 서로 노려보면서 버섯을 잡았다. 약간 버섯이 게슈탈트 붕괴할 정도로 버섯을 잡았다. 잡았다잡았다잡았다잡았다.

저기, 있잖아, 이 게임은 할 게 이거밖에 없어?

"마스터. 언제까지 여기 있을 건가요?"

거북함을 뛰어넘어 지루함이 찾아왔을 때, 아코가 처음 목소리를 높였다.

"응, 조금 질리네."

"레벨 5까지 올라갔다고. 슬슬 다른 곳으로 가도 되지 않아?"

나와 슈도 거들었다. 그러나 마스터는 의아한 듯이 우리를 보더니.

　"무슨 소리냐. 레벨 15까지는 여기다."

　"뭐어?!"

　그거 얼마나 걸리는 거야?!

　진짜로 질렸다고. 버섯 지옥은 이제 됐잖아?

　"다른 사냥터도 있지만 효율이 떨어지거든. 애초에 단순한 게임이라 기본이 되는 장비나 레벨이 받쳐주지 않으면 어디로도 못 간다. 자, 너희들. 우는 소리 하지 말고 버섯을 잡아라. 잡아. 잡는 거다!"

　"버섯은 이제 싫어요!"

　진짜냐…… 버섯에게선 도망칠 수 없는 거냐…….

　우리의 버섯 지옥은 이제 막 시작되었을 뿐이었다.

　"태양이 버섯으로 보이네…… 어라?"

　끝없는 버섯 사냥에 괴로워한 다음날.

　이동수업이라 복도를 걷고 있던 나는 구석에서 떨고 있는 낯익은 여자아이를 발견했다. 말할 것도 없이 아코다.

　"……뭐하는 거야?"

　"루, 루시안."

　아코는 복도를 오고가는 학생들을 공포에 질린 표정으로 바라보고 있었다.

뭐야, 설마 왕따라도 당한 거야? 아무리 그래도 그건 내 버려둘 수 없는데.

"무슨 일 있었어? 곤란한 일이라면 도와줄 거고, 내가 안 된다면 세가와라도 불러올게."

"아, 아뇨. 그런 게 아니라요."

떨리는 손으로 복도를 가리키며.

"사람이 오고가는 모습을 보니 왠지 적들이 횡스크롤로 흘러가는 것 같아서."

"…………아, 그러냐."

뭐야, 걱정해서 손해 봤네.

"그런 실망스러운 표정 짓지 말아 주세요. 그치만 무섭잖아요. 전부 쓰러트리지 않으면 교실로 돌아갈 수 없다는 생각이 안 드나요?!"

들 리가 있냐. 설령 그렇다 해도 쓰러트리진 못해.

"진정해, 아코. 가령 적이라고 해도, 이 녀석들은 비선공형이야. 자기가 먼저 공격하지 않는 얌전한 몬스터라고. 구석으로 걸어서 지나가면 아무 일도 일어나지 않아."

"비선공형…… 그, 그렇군요."

내 말에 납득한 건지, 용기를 내서 발을 내딛으려던 아코 옆에서 목소리가 날아왔다.

"아, 타마키, 안녕~."

"히이익?! 아, 아, 아—"

같은 반으로 보이는, 아코에게 말을 건 여학생은 대답을 듣기도 전에 지나가고 말았다.

"안녕……하……세요……."

"이미 없는데."

아코는 뻐끔뻐끔 입을 열었다 닫은 뒤 고개를 빙글 돌려서 나를 바라봤다.

"서, 선공형이잖아요!"

"진정해, 아코. 지금 그건 공격이 아니야, 인사야."

"뭐가 다른 건가요?! 뭐가?!"

오히려 어디가 같은 건지 알려줬으면 좋겠다.

이름을 기억한 것만으로도 잘 된 일이잖아.

"우우, 버섯 무서워. 버섯 무서워."

"상당히 몰려있네……."

아코는 그대로 예비종이 울릴 때까지 복도에서 공포에 떨고 있었다.

"그나저나 말을 건 것만으로도 그렇게 당황하다니, 그 녀석 정말 괜찮은가?"

아코의 최근 생활을 걱정하면서 적당히 보내던 방과 후.

청소당번을 마치고 지금부터가 진짜다, 라는 아코 같은 생각을 하면서 부실의 문을 열었다.

"나 왔어."

"기다렸어요, 루시안!"

몰라볼 정도로 기운찬 아코의 목소리. 부실 안에서 그녀가 기다리고 있었다.

"……그 복장은 뭐냐?"

뭔가 굉장한 차림인데.

상반신을 살짝 가렸을 뿐 배꼽까지 보이는 상의에, 조금 위험하지 않나 싶을 정도로 짧은 스커트에 니삭스. 모피 같은 털실이 여기저기 붙어 있긴 하지만 노출이 장난 아니다. 뭐야 이거, 수영복이야?

"어떤가요? 루시안."

아코가 좋아하면서 포즈를 잡고, 왠지 전혀 기능성을 생각하지 않은 활 같은 걸 들었다. 몽실몽실한 꼬리가 흔들린다.

짜자자자~안, 짜자자자~안, 하는 수수께끼의 효과음이 들렸다.

"저기…… 뭐, 하는 거야, 너. 그런 에로한 복장을 입고."

"역시 두근두근한가요?!"

동급생이 수영복(?)을 입고 있는데 두근두근하지 않는 남자가 있으면 여기 데려와 봐.

"잠깐, 늦었잖아."

"야 세가와, 너도 아코한테 말 좀—"

시선을 돌리자 세가와가 있었다. 뭔가 비늘 같은 것이 잔뜩 붙은 갑옷을 입고, 커다란 검을 옆에 차고는 의기양양하게 서 있었다. 무지 들뜬 표정이었다. 엄청나게 머리가 아파졌다.

"너까지 뭐하는 거야……?"

"어때 이거. 멋있지?"

"그야, 멋있긴 한데."

"그치!"

아코와 비교하면 노출은 적다. 귀엽다기보다는 멋있는 방향이다. 알기야 하지만.

세가와는 제대로 분위기를 타서 검을 뽑아들고는 힘차게 위로 들었다. 척 하고 포즈를 잡는 것과 동시에 대검과 천장이 부딪쳐 콱 하고 둔중한 소리를 냈다.

"아."

"어."

검이 반으로 뚝 꺾여버렸다. 천장이 깨지지 않은 걸 보니, 좋은 의미로 튼튼하게 만들어지진 않은 모양이었다. 위험해 위험해.

"나, 나의 괴도(怪刀) 하나가츠오가!"

뭐야 그 묘하게 맛있어 보이는 이름은. 향기가 좋아 보이잖아.

"그런고로, 오늘은 이거다."

컴퓨터 뒤에 있던 마스터가 나왔다. 하얗고 몽실몽실한 것들이 붙은 스커트에다 양손에 검을 들고 있다. 이거가 뭐야. 당연한 듯이 코스프레를 하고서 대체 뭘 하려는 건데.

"어제 벌꿀 이야기 탓에 다들 사냥에 트라우마가 생기지 않았나 싶어서 말이지. 오늘은 즐겁게 사냥을 하기 위해 이런 취향을 준비한 거다."

"왜 그렇게 쓸데없는 곳에서 쓸데없는 배려를…… 누가 득을 보는데, 누가."

"저 아코를 보는 루시안이 득을 보겠지."

"윽."

"……네?"

활 같은 걸 만지작거리던 아코가 내 시선을 깨닫고 붕붕 활을 휘둘렀다. 가슴과 허리와 허벅지와 배꼽과— 아니 그냥 다 보이니까 그런 식으로 크게 움직이면 안 된다고!

"뭘 그렇게 야시시~한 눈으로 보는데."

"내 잘못이 아니야!"

단호하게 말하겠어! 이건 내 탓이 아니야!

"자, 루시안 것도 있다."

마스터는 그렇게 말하면서 고양이 귀가 달린 의상 세트를 끄집어냈다.

"절대로 안 입어."

"에이, 루시안도 입어요! 루시안이라면 고양이 귀를 달아도 사랑할 자신이 있어요!"

그렇게 고양이 귀를 단 나까지 사랑하지 않아도 돼.

"뭐 좋아. 그럼 오늘 부활동을 시작하자. ─사냥 한번 가 볼까!

"오오!"

"오오, 가 아니라고……."

왠지 오늘은 사냥을 하러가는 모양이다.

"이 드래곤 헌터 프론티어 온라인은 장르로서는 MOACT 에 들어가지. 소수형 멀티플레이 액션 게임이다. 즐거운 드 래곤 사냥을 컴퓨터에서도 할 수 있기에 인기가 많은 게임 이지."

"잘 구워졌습니다!"

아코가 주먹을 번쩍 들었다.

"그거구만. 이름은 알고 있지만 해본 적은 없는 그거."

살색 과잉 기미인 아코에게서 눈을 돌렸다. 아니 저기, 그 런 차림으로 옆에 앉는 거 진짜로 그만둬줬으면 좋겠는데.

"일단 각자 무기를 골라볼까. 상자에 무기가 들어있으니 까 적당히 좋아하는 걸 골라라."

뒤적뒤적 장비 박스를 뒤졌다. 초기 장비가 이것저것 들 어있는 것 같다.

"나는 역시 커다란 방패를 들고 싶으니까. 창이려나."

"저는 멀리서 찔끔찔끔 공격할 수 있는 게 좋아요."

"나는 커다란 검이 있으면 그걸로 하겠지만…… 아, 뭐야

이 대태도(大太刀)! 중후하잖아!"

각자 무기를 골랐다.

나는 커다란 랜스. 아코는 활을 쥐었고, 세가와는 커다란 대태도를, 마스터는 커다란 악기 같은 것을.

—뭐지 이 느낌. 굉장히 불길한 예감이 들었다.

"그럼 의뢰를 선택해서 출발이다!"

"오오!"

함께 배를 타고 사냥터로 출항했다. 배가 출렁출렁 흔들리면서 먼 바다로 나아간다.

이 멤버로 괜찮을까.

"처음부터 커다란 드래곤은 나오지 않으니까 안심해라. 처음에는 적당한 사이즈다."

"그럼 상관없지만……."

도착한 밀림은 아름다운 그래픽으로 묘사돼서, 걸어가는 것만으로도 감탄이 절로 나오는 광경이 여기저기 보였다. 그러나 이곳저곳에 동물이 걸어다니고 있어서 조심조심 나아갔다.

"예쁘네요."

"실제로 가보면 벌레투성이야."

눈을 빛내는 아코를 향해 슈바인이 어깨를 으쓱했다.

"그런 꿈도 없는 말을."

"실제, 가 아니라 이 게임에서도 벌레투성이다만."

마스터가 당연한 듯이 말했다.

"으엑, 게임인데 벌레 같은 게 있어? —히야악?!"

"슈가 커다란 벌한테 쏘였다!"

"저, 저릿저릿해!"

커다란 벌이 주변을 붕붕 날아다니며 우리를 노리고 있었다. 저 녀석한테 쏘이면 마비로 움직이지 못하게 되는 모양이다.

"아코, 저 벌, 벌을 떨어트려!"

"안 맞아요!"

스나이퍼로서는 우수했던 아코도 활 다루는 법은 모르는 모양이었다. 화살이 휙휙 벌 주변을 통과했다. 그리고 나한테 맞는다. 맞는다맞는다. 움직일 수 없다. 움직일 수 없다!

"여기로 와요, 온다고요!"

"잠깐, 기다려, 활 연사하는 거 그만둬! 나의 루시안이, 오, 오, 오, 거리면서 움찔움찔 거리잖아!"

"자, 힘내라 힘내."

"연주하지 말고 도와줘 마스터!"

"마비가 안 풀려!"

우리 넷은 우왕좌왕하면서 밀림을 나아갔다. 해변을 빠져나오자 화면이 바뀌고, 무비가 재생됐다. 커다란 닭이 큰 소리로 울면서 나타난다.

"우와, 크네."

"저게 이번 사냥감이다. 초보자 연습용 몬스터. 통칭 콕선 생님."

"보고 있으니 배가 고파지네요."

"닭튀김으로 만들어서 먹어볼까."

"좋아, 써는 건 나한테 맡기라고!"

슈바인이 돌진했다. 나도 뒤에서 방패를 들고 영차영차 쫓아갔다.

"이얍이얍! 하하! 뭐야, 이 녀석 둔하잖아, 마음껏 벨 수 있어."

"좋아, 나도—."

창으로 찌르려한 순간, 슈바인의 태도가 루시안의— 내 등을 썩둑 베었다. 팀킬은 못하기 때문에 대미지는 들어오지 않았지만 자세가 기우뚱 무너졌다. 슈바인은 그대로 유려한 움직임으로 나와 콕선생님을 서걱서걱 베어나갔다.

"잠깐만, 슈바인. 나도 베고 있잖아! 움직일 수가 없어!"

"내가 쓰러트릴 테니까 맡겨만 두라고."

"야, 위험하잖아! 아니 왜 나는 적의 공격이 아니라 아군의 공격을 필사적으로 막고 있는 건데!"

"에잇, 에잇."

아코는 멀리서 찔끔찔끔 화살을 연사하고 있었지만, 그거 대미지 들어가긴 하냐?

그러나 그런 공격도 짜증났는지, 콕선생님은 꼬리를 부웅 휘둘러서 우리를 튕겨내고는 힘차게 아코 쪽으로 달려갔다.

"아코, 피해!"

"피, 피해야…… 피한 쪽으로 달려오는데요!"

터엉 하고 힘차게 튕겨나간 아코가 지면에 떨어졌다. 그 몸을 고양이 집단이 야옹야옹 하면서 실어 나른다.

"아까운 아이를 잃고 말았네…… 아코 몫까지 싸우겠어!"

"좋아, 나한테 맡겨라. 사람이 적어진 만큼, 악기의 음색으로 버프를 거마."

마스터는 뿌우뿌우 힘차게 피리를 불면서 콕선생님에게 악기를 내리쳤다.

"뭐야 저 사람, 불면서 싸우고 있잖아!"

"악기는 저런 무기였나……."

"피리에 불가능은 없다! ……음, 콕선생님이 화가 났군"

맹렬한 공격에 짜증이 치솟았는지 콕선생님의 벼슬이 타오르듯이 붉게 변했다.

그리고 콕선생님은 캬오오! 하고 외친 뒤 입에서 불을 뿜으며 돌진해왔다.

"큰일 났다, 피해야 해!"

슈는 재빨리 태도로 베면서 물러났다. 그 참격이 나에게 깔끔하게 적중했다.

"잠깐, 야!"

자세가 기우뚱 무너진 나를 향해 콕선생님이 똑바로 돌진

해왔다. 방패를 들 새도 없이 화면이 거대한 닭의 얼굴로 뒤 덮였고—.

야옹야옹야옹 하는 고양이의 울음소리가 나를 감쌌다.

그로부터 몇 번을 더 싸웠지만, 우리는 아직까지 콕선생님에 대한 타개책을 찾지 못하고 있었다.

주변을 서성거리면 회전공격으로 쓸려나갔고, 거리를 벌리면 돌진이나 화염에 쓸려나갔고, 신중하게 싸우면 체력을 잘 깎지 못하는데다 도망쳐서 회복한다. 이 녀석을 어떻게 쓰러트리라는 거야.

"이거 진짜로 못 이기겠는데."

"콕선생님 너무 세잖아."

"저는 이제 익숙해졌어요!"

한 번 싸울 때마다 두 번 죽는 건 익숙해졌다고 말하는 게 아니야, 아코.

으으음, 하고 고민하는 우리를 향해 마스터가 크게 고개를 끄덕였다.

"초보자에겐 너무 어려웠나……. 좋아, 그럼 내가 메인 캐릭터를 꺼내마."

"마스터, 이 게임 해본 적 있어?"

"혼자서 조금 정도는. 친구가 없어서 그만뒀지만, 다소 괜찮은 무기가 있지."

그만둔 이유는 제쳐놓고, 그건 믿음직스러웠다.

한 번 사라진 뒤 다시 나타난 마스터는 엄청 두터운 장비와 멋들어진 총을 들고 있었다. 이쪽이 마스터의 메인 캐릭터인가.

"자, 가자. 진정한 사냥을 보여주마."

"오오!"

우리는 다시 콕선생님 퀘스트에 도전했다.

배를 타고 다시 밀림으로 찾아왔다. 보급물자를 줍고, 준비를 하고 있으니— 어째서인지 없어야 할 다섯 번째 헌터가 있었다. 게다가 굉장히 두터운 장비를 가졌다.

"어라, 이거 누구야?"

"신경 쓰지 마라. 내 어시스턴트다."

"어, 어시스턴트……?"

뭐야 그게, 라며 슈가 고개를 갸웃했다.

"이 게임은 굉장히 멋진 게임이다. 과금을 하면 레전드 어시스턴트라는 엄청나게 강한 헌터가 따라오지."

"얼마나 강한가요?"

"조금 전 콕선생님 정도라면 혼자서 열 마리는 사냥할 수 있다."

그게 무슨 소리야. 지금 우리의 노력이 한마디로 부정당했는데.

"넷이서 엄청 고생한 적을 혼자서 쓸어버리는 NPC가 있다고……?”

“그거 엄청 이상하잖아요.”

“이야기는 나중에 하자. 콕선생님이 왔다.”

파닥파닥 날개를 퍼덕이는 소리가 들린 것과 동시에 콕선생님이 하늘에서 내려왔다. 닭 주제에 하늘을 난다는 의문을 날려버릴 정도로 화려한 비행이었다.

“좋아. 이번에야말로 저 녀석을 닭구이로 만들어주자!”

“네!”

“그럼…… 공격 개시!”

마스터가 그렇게 말한 직후, 그녀의 무기에서 섬광과 굉음이 터져 나왔다. 맹렬한 숫자의 탄환이 투타타타타 콕선생님을 덮쳤다. 어마어마한 충격에 콕선생님은 비틀대며 쓰러졌다. 꼬끼오, 하는 슬픈 비명소리가 들렸다.

“사격사격사격!”

“어, 저기…… 엥?”

사격이 끊이질 않기 때문에 나도 슈바인도 언제 다가가야 할지 모르겠다.

곤혹스러워하는 사이에도 마스터의 사격은 멈추지 않았다. 멈추지 않는다면 멈추지 않는 거다. 마스터의 턴, 다음에도 마스터의 턴, 계속 마스터의 턴.

어떻게든 일어선 콕선생님은 일어선 직후에 다시 꼬끼오하고 쓰러졌다.

투타타타타, 꼬끼오! 투타타타타, 꼬끼오! 투타타타타, 꼬끼오! 투타타타타, 꼬끼오! 투타타타타, 꼬, 꼬끼오⋯⋯.

짜자자자~안, 짜자자~안 하는 팡파르가 울려 퍼지고, 콕선생님은 천천히 지면에 쓰러졌다. 벼슬은 부러지고, 날개도 너덜너덜. 그곳에 우리가 고전했던 밀림의 왕의 모습은 흔적도 없었다.

"토벌 종료다."

"이봐 잠깐 기다려."

이상해, 뭔가 이상해. 이런 일이 있어서는 안 돼.

"이건 내가 알고 있는 사냥이 아니야⋯⋯."

"저도 그 무기 갖고 싶어요!"

잠깐잠깐, 이건 납득할 수 없어. 이걸로 콕선생님한테 이겼다고 할 수는 없다고.

뭔가 초자연적인 힘이 작용해서, 그때 신기한 일이 일어난 결과 콕선생님이 죽어버린 것 같은, 그런 식으로밖에 생각되지 않았다.

"마스터는 그 무기 금지야."

"으음⋯⋯ 어쩔 수 없군."

역시 이건 아니라고 생각한 건지 마스터는 순순히 수긍했다.

이후 우리는 다시 밀림으로 향했다. 이번에는 NPC도 없는 진검승부다.

조금 전 싸운 장소에서 기다리자 다시 하늘에서 날갯짓 소리가 들렸다.

"그럼 내가 처음 일격을 가하마. 그 후에 이어서 공격해다 오."

조금 전과는 달리 커다란 검을 겨눈 마스터가 말했다.

"OK, 나의 화려한 태도술을 잘 봐두라고."

"나 베지 마라?"

"멀리서 열심히 쏠게요!"

아코는 좀 더 가까이 오라고. 멀리서 연사하는 건 그만둬.

그렇게 마음을 다지는 우리 앞에 콕선생님이 천천히 내려왔다. 누군가가 꿀꺽 침을 삼키는 소리가 들렸다.

"간다."

마스터가 냉정한 한마디와 함께 대검을 크게 들어올렸다. 기잉, 기잉 하고 검에 힘이 모이는 것이 보였다. 그리고 드디어 지면에 내려선 콕선생님이 우리를 눈치챈— 그 순간, 마스터가 대검을 휘둘렀다. 직후에 우리도 공격을—.

콰직, 하는 둔한 소리가 울렸다.

꼬, 꼬끼오…….

짜자자자~안, 짜자자자~안. 하는 팡파르가 울려 퍼지고, 콕선생님은 천천히 지면에 쓰러졌다. 벼슬은 부러지고, 날개는 너덜너덜, 그곳에 우리가 고전했던 밀림의 왕의 모습은 흔적도 없었다.

"토벌 종료다."

"기다려."

"전투개시 0초만에 결판이 나다니 어떻게 된 거야."

우리의 항의를 듣자 마스터는 훗훗훗 웃었다.

"이 게임은 멋지더군. 과금으로 할 수 있는 게 무척이나 많아. 과금을 하면 레전드 어시스턴트가 따라오고, 과금을 하면 화력이 올라가고, 과금을 하면 방어력이 올라가고, 과금을 하면 즉사하지 않게 되고, 과금을 하면 스킬이 늘어나고, 과금을 하면 보수가 늘어나고, 과금을 하면 갈무리 횟수가 늘어나고, 과금을 하면 레어가 나오기 쉬워지지!"

"망겜이잖아!"

"아무리 봐도 흥겜 아니냐! 이 무기를 쓰면 콕선생님 수준이라면 두 마리 정도는 한꺼번에 일격사시킬 수 있단 말이다!"

"그 무기도 갖고 싶어요!"

"뭐든지 다 가지려고 하지 마!"

"하우. 죄송합니다……."

아코의 머리를 딱 때렸다. 밸런스가 무너진 아코가 내게 기대면서 조금 울먹이는 눈동자로 올려다봤다. 노출된 보드라운 피부가 여기저기 닿아서— 아니, 보면 안 되지, 안 되고말고.

"야, 너희 왜 찰싹 붙어 있는데. 그 차림으로는 너무 불건

전하잖아."

"그럴 생각은—."

그때 아무 전조도 없이 부실문이 드르륵 열렸다.

"얘들아, 웬 소란이니? 바깥까지 들리잖……아?"

"아, 선생님."

일단 고문이고, 가끔 우리 부의 모습을 보러 오는 사이토 선생님이 부실을 들여다보고 계셨다. 선생님은 부실 안을 둘러보고, 위험한 코스프레 의상을 입고 있는 멤버들도 천천히 둘러봤다.

아— 잊고 있었다. 맞아. 이 의상, 선생님한테 들키면 완전 큰일이잖아.

"너희들, 학교에서 무슨 옷을 입고 있는 거니!"

"죄, 죄송합니다~."

"당장 갈아입으렴, 당장!"

"에엑?"

"에엑, 이 아니야! 자! 니시무라 군은 잠깐 나가 있어!"

"아, 네!"

부실에서 쫓겨나다시피 나와 복도에 주저앉으며 생각했다. 이제 두 번 다시 사냥 따윈 안 해.

"우우, 귀여웠는데……."

고양이공주 씨의 설교가 끝난 무렵에는 상당히 시간이 지났기에 그대로 부활동도 종료됐다.

현관에서 신발을 갈아 신는 아코의 다리를 보며 아까 전 의상을 떠올리자 얼굴에 피가 몰렸다. 떠올리지 마, 떠올리지 마. 게임과 현실은 달라— 그런데 왜 현실에서 그런 차림을 하는 건데, 나 참.

"귀여운 게 아니라 솔직히 에로했잖아, 그거."

"에로함과 귀여움은 종이 한 장 차이잖아요."

"그 한 장을 뛰어넘었다고."

나 말고 다른 사람 앞에선 입지 않도록 그 의상은 엄중히 보관해두고 싶다. 아까우므로 결코 버리진 말자.

거기서 왠지 모르게 가벼운 자신의 오른팔을 깨달았다.

"……아, 큰일 났다. 부실에 가방을 두고 왔네."

"그냥 가도 괜찮잖아요. 내일 가지러 가도."

"그럴 순 없어. 바로 앞이니까 가지러 갈게. 잠깐 기다려."

"네~에."

살짝 손을 흔드는 아코의 배웅을 받으며 부실을 향해 달렸다. 약속을 하고 함께 돌아가는 것 같아서 왠지 이런 것도 좋구나, 같은 생각을 하면서 문을 열었다.

그곳에는 고양이 귀가 흔들리고 있었다.

"…………엥?"

"니, 니시무라 군?!"

아무도 없는 부실에 한 명, 사이토 선생님이— 고양이공주 씨가 있었다.

마스터가 가져온 고양이 귀와 프릴이 잔뜩 붙은 드레스를 입고, 양손을 앞으로 내민 고양이 같은 포즈를 취한 상태로, 그곳에 있었다.

"⋯⋯⋯⋯죄송합니다, 고양이공주 씨. 실례했습니다."

"잠깐⋯⋯ 아니, 아니야, 잠깐 흥미가 생겨서, 이것도 공부랄까, 학생의 마음을 이해하려고."

"괜찮아요, 다 알아요. 아무한테도 말하지 않을게요. 저는 고양이공주 씨 편이니까요."

고개를 수그리며 시선을 돌렸다. 그것이 나의 한계였다.

"그렇게 다 안다는 듯이⋯⋯ 아, 잠깐, 이야기를— 루시안, 아니다냐아아아아아!"

방과 후의 학교에 슬픈 비명이 울려 퍼졌다.

"어라? 루시안. 가방 없었나요?"

"괜찮아, 이제 괜찮아."

"⋯⋯?"

슬픈 사건이었다.

"그런고로 사냥도 종료."

"찬성!"

"나도 찬성."

다음 날 부활동, 셋이서 드헌을 거부하는 것으로 단결했다.

"나의 과금 아이템은 어쩔 거냐?!"

오히려 그 과금이 너무 세다고.

"과금의 압도적 파워 때문에 우리의 정신이 대미지를 입었으므로 중지 결정은 흔들리지 않아. 그게 다수결이라는 가장 유명하고 가장 잘못된 수단에 의한 결정이라고."

"다수의 폭력 같으니…… 어쩔 수 없군. 좀 더 간단한, 싸움 따윈 없는 게임을 고를까."

마스터는 그렇게 말하고는 화면에 또 다른 게임을 비췄다.

"우리의 골프, 으랏차?"

"음. 골프가 테마인 스포츠 게임이다. 아바타의 귀여움으로 정평이 나 있지. 타이밍에 맞춰서 공을 때리면 『으랏차!』 하고 기분 좋은 소리가 들린다."

"뭐, 아무래도 좋지만."

딱히 게임 내용을 고집하지 않는 세가와는 순순히 인스톨을 시작했다.

나는 스포츠 게임은 그다지 익숙하지 않지만, 일단 해볼까.

"저기요."

그때 아코가 크게 손을 들었다.

"이건 슬슬 아웃 아닌가요?"

"시끄러워, 조용히 해."

무슨 소리인지 전혀 모르겠다.

뭐 이런 게임이라면 문제는 일어나지 않을 것이다. 스포츠니까 아웃도어 취미가 생겨서 아코의 교정도 한 걸음 다가 갈 수 있을 것 같다.

"네 명이니 팀전도 개인전도 가능하다, 어쩔까?"

"기왕이라면 팀전 아닐까?"

"좋아, 그럼 나와 아코, 슈바인과 루시안이 팀이다."

드문 팀 편성이네. 상관없지만.

"좋아. 기왕 하는 이상 이길 거야."

"처음 하는 게임이지만, 상대에 아코가 있는 이상 질 것 같지는 않네."

각자 계정을 만들고 방에 모였다. 나타난 건 셔츠와 반바지라는 무과금 차림의 나, 슈, 아코, 그리고— 엄청나게 꾸민 마스터.

"그러니까! 왜! 당신은! 처음부터 과금을 하는 건데?! 이제 그렇게 쓸데없이 아바타에 돈 쓰는 건 그만두란 말이야!"

"무슨 소리냐! 이 게임의 아바타는 장비와 마찬가지! 돈만 내면 처음부터 풀 스펙에 가까운 캐릭터를 쓸 수 있는 우량한 게임이란 말이다!"

"우와, 진짜다. 랭크 똑같은데 스테이터스가 전혀 달라."

듣고 보니 마스터만 명백하게 강하다.

과금하면 강해지는, 마스터와 잘 맞는 게임이었다.

"그것만이 아니지! 카드 가챠를 과금하면 좀 더 강해지고, 레어 가챠를 과금하면 한층 강해지고, 조력 캐릭터를 과금하면 더욱 강해지고, 소비 아이템을 과금하면 퍼펙트하게 강해지거든!"

"이 게임도 그런 타입이냐!"

이 게임도 과금 요소가 너무 많잖아! 이런 건 비겁해!

"큭, 왜 일부러 아코를 데려갔나 했더니, 거기서 전력의 균형을 꾀한 거네."

"마스터, 제 아이 맨발이라서 적어도 신발 정도는 신겨주고 싶은데요."

"음, 그렇군. 잠깐 기다려라. 사 오마."

"거기 구걸충도 적당히 해!"

전력 밸런스를 이보다 더 무너트려서 어쩔 거야!

"일단 간단한 규칙을 설명하마. 이 게임은 리듬 게임 감각으로 타이밍에 맞춰 버튼을 눌러서 클럽을 휘둘러 골프를 하는 평범한 스포츠 게임이다. 골프 게임이므로 기본은 골프의 공식 규칙을 따르지. 공을 클럽으로 쳐서 최종적으로 적은 타수로 홀컵에 넣으면 이기는 방식이다."

"그건 어렴풋이 알고 있어."

"요컨대 공을 구멍에 넣으면 되는 거네."

그렇지, 하고 끄덕이며 마스터는 말을 이었다.

"클럽은 여러 종류가 있고, 코스별 설정으로 잔디가 짧게 깎여서 치기 쉬운 페어웨이, 풀이 무성해서 치기 어려운 러프, 모래사장이라 매우 치기 어려운 벙커, 홀컵 주위에 있는 그린 등 여러 가지가 있지만— 전부 신경 쓰지 않아도 된다. 그린 이외에는 거의 모든 곳에서 마음에 드는 클럽을 쓸 수 있다. 극단적으로 말해서 이 으랏차란 게임, 1번 우드와 6번 아이언, 퍼터 이외의 클럽은 필요 없어. 모래에 묻혀서 전혀 보이지 않는 공을 야구방망이로 쳐내는 게임이니까."

대체 무슨 게임이야. 적어도 내가 알고 있는 골프는 그런 게 아니라고. 뭔가 이렇게, 아름다운 산 속에서 신사들이 즐기는 이미지란 말이야.

"아아, 화산과 전함의 주포는 조심하도록. 소멸한 공은 칠 수가 없으니까."

"저기, 이거 스포츠죠?"

"그렇다고 본다만."

말은 그렇게 하지만 마스터도 자신은 없어보였다.

어쨌든 시합 개시.

나&슈 VS 마스터&아코의 『우리의 골프 으랏차』 대결이 시작됐다.

"그럼 1번 홀, 나부터네!"

"힘내라 슈, 저쪽 중과금전사에게 본때를 보여주라고."

"맡겨줘! 일단, 어어………… 뭐야 이거, 이상한 코스네."

슈가 찌푸린 표정으로 말했다. 응. 확실히 이상한 코스다. 초기 장비 클럽을 사용해 전력으로 때려서 완벽하게 성공하면 치기 쉬운 곳에 떨어지지만, 약간이라도 어긋나면 모래사장이나 풀숲행이다. 일부러 약하게 치면 위험은 줄어들지만, 그러면 다음에 불리해진다.

"어떻게 할지는 너에게 맡길게. 하고 싶은 대로 해봐."

내가 말하자 슈는 힘차게 끄덕였다.

"요컨대 타이밍만 맞으면 되는 거야. LA의 아이템 생산 미니게임에서 단련된 리듬 게임 센스를 보여주겠어! 으랏차아아아아!"

샷의 세기를 결정하는 파워 게이지가 뿅뿅 움직였다. 게이지는 상당한 스피드로 움직이고 있었지만 슈는 멋진 타이밍으로 임팩트를 가했다. 그러자 슈의 캐릭터는 완벽한 폼으로 공을 때렸다.

"좋았어!"

『으랏차!』

게임에서 귀여운 으랏차 음성이 나왔다.

"나이스 으랏차, 슈!"

"나이스 으랏차!"

"나이스 으랏차에요!"

"……뭔가 수상한 의식 같네."

터져 나오는 으랏차 연호에 슈는 약간 식겁한 것 같았다.

그리고 공은 노린 곳에 깔끔하게 낙하. 다음을 노려볼 수 있는 절호의 포인트였다.

"어쩌지. 이 게임 조금 즐거울지도."

"의외로 슈에게 어울릴지도 모르겠네."

"다음은 내 차례군."

분위기를 탄 우리를 제쳐놓고 마스터는 지극히 냉정하게 클럽을 잡았다.

잠깐 기다려, 뭔가 클럽이 명백하게 우리랑 다른데, 사람이라도 죽일 것 같은 모양이잖아. 클럽이 아니라 저거, 무기지? 엄청 큰 검 아니야? 저걸로 쳐? 베는 게 아니라 치는 거야?

"그럼 가볼까. 어디로 날렸으면 하나? 아코."

"일단 골 가까운 곳이 좋아요."

"알았다. 그럼 저기군."

마스터는 그렇게 말하며 우리와 같은 방향을 노렸다. 화면에 표시된 타구 낙하 예상 지점은 우리보다 훨씬 앞을 가리키고 있었다.

"뭐, 실패해도 벙커에는 들어가진 않겠지. 뛰어넘으니까."

"뭐야 그거 치사해."

"불공평하잖아!"

"당연하지. 과금을 한 결과가 공평할 리가 없잖나."

그게 당연하긴 하지만, 역시 납득은 안 가!

이 게임을 하는 녀석들은 전부 이런 환경에서 싸우고 있는 거야?

"으랏차는 못했군. 그래도 슈바인의 공을 넘어서 그린에 붙었나."

"내 으랏차를 간단히…… 야 루시안. 절대로 질 수 없어."

"다음에 치는 건 아코잖아. 여유 여유."

방향을 맞추고, 최대 비거리가 가장 짧은 클럽을 선택해서 풀 파워로 샷. 이걸로 괜찮을 거다.

"자 와라, 으랏차— 는 안 됐나."

"게다가 꽤 멀리 떨어졌잖아."

"어라, 진짜네."

노렸던 홀컵에서 상당히 벗어난 위치에 공이 낙하했다. 어째서지, 제대로 노렸는데.

"이 게임은 제대로 치면 제대로 날아가는 게임이 아니거든. 지면의 경사나 현재 부는 바람이 강하게 영향을 주는, 고도로 지적인 골프 게임이다."

"큭, 과금만 있는 게 아니었나……."

"핫핫핫, 무르구나 루시안. 자 아코, 나의 지시대로 치도록 해라. 루시안에게 멋있는 모습을 보여주는 거다."

"넷!"

아코는 똑바로 홀컵 방향을 바라봤다. 노릴 장소는 바로 앞인데도 묘하게 비거리가 있는 클럽을 잡았다. 그리고 우웅 하는 효과음과 함께 아코 주위에 묘한 붉은 오라가 넘실댔다.

"자, 가라. 필살 샷이다!"

"네!"

게다가 명백하게 파워 게이지의 움직임이 우리보다 늦다. 마스터 대체 무슨 아이템 쓴 거야?!

"으랏차!"

기합과 함께 아코는 깔끔한 샷을 날렸다.

그것은 어마어마한 기세로 공을 날려버렸다.

"그치만 저거 절대로 화면 바깥까지 날아갈 것 같은데."

"홋홋홋, 과연 그럴까."

마스터가 자신만만한 미소를 지은 직후, 공이 홀컵 바로 위를 통과하려다— 툭 하고 직각으로 떨어졌다.

"뭐어?!"

"그리고 백스핀! 좋아, 칩인#8이다!"

"해냈어요!"

마스터와 아코가 예이 하고 손뼉을 마주쳤다.

잠깐잠깐, 지금 그건 뭐야. 이상해, 절대로 이상해. 납득이 안 가!

"빔에 맞은 거다. 홀컵에서 공을 빨아들이는 빔이 나오거든. 홀인원 같은 게 나오기 쉽도록 말이지."

"뭐야 그게. 물리법칙은 어디로 간 거야!"

"이 게임은 으랏차다!"

#8 칩인 칩샷으로 홀컵에 볼을 넣는 것.

그 한마디로 설명 끝?! 젠장, 납득이 안 가!

나와 슈는 오기에 차서 도전했지만, 결국 아코가 으랏차 를 미스한 횟수밖에 이길 수가 없었다.

"졸리네…… 부실에서 잘까."

다음 날 방과 후, 나는 졸린 눈을 비비며 느릿느릿 부실로 향했다.

그때, 마찬가지로 부실로 향하던 아코와 마주쳤다.

"오, 아코. 기운차네."

"루시안은…… 졸려 보이네요. 무슨 일 있었나요?"

"오늘은 너를 으랏차로 뭉개주겠어."

"혼자 연습한 건가요?!"

분했단 말이야. 미안하게 됐네.

겉보기보다는 훨씬 어려워서, 정신이 들자 늦게까지 파고 들고 있었다. 재미있어, 정말로.

이야기를 나누면서 걷다보니 부실 근처 복도에 쓰레기봉 투가 굴러다니고 있었다.

"매너 나쁘네. 쓰레기통은 저기잖아."

"아, 네네! 제가 할게요!"

"……한다니. 뭘."

어째서인지 기운차게 손을 든 아코는 쓰레기봉투로 달려 가서 크게 휘둘렀다.

"으랏차!"

"에에에에엑."

전력으로 내던진 쓰레기봉투는 깔끔하게 목표지점을 뛰어넘어 벽에 부딪쳐서 주위 전체에 흩어지고 말았다.

"……어라? 빔이 빨아들이질 않네?"

"일단, 정리하자."

"아, 네~에."

"아코의 뇌내 물리법칙이 으랏차가 되니까 중지."

"으랏차조차도 무리인가."

나도 이게 안 먹힐 줄은 몰랐다. 하지만 이대로 내버려 뒀다간 뭐든지 으랏차로 어떻게든 할 것 같으므로 위험한 건 틀림없었다.

"그럼 오늘은 어쩔 거야?"

"그렇군. 격투 게임 같은 건 어떨까?"

"끝이 뻔히 보이잖아."

리얼충에게 필살기 캔슬 이후 울트라 콤보를 먹여주고는 아이고 감사합니다, 할 게 뻔하다.[#9]

"그럼 대전 퍼즐 같은 건 어때? 나 그거 조금 특기야."

"인간을 퍼즐로 삼아서 지워버리려 들지 않을까?"

#9 유명 격투 게이머 우메하라가 어떤 대회에서 소개될 때, 같은 격투 게이머인 코쿠진이 "신이시여어어어, 아이고 감사합니다아아아아." 라고 코멘트한 것이 유명해져서 우메하라의 슈퍼 플레이가 터질 때 자주 나오는 말이 되었다.

리얼충 네 명을 모아서 에잇! 파이어! 같은 걸 시작했다간 농담으로 끝나지 않는다.

"사냥 메인의 MO도 위험할 것 같고, RTS 같은 건 문턱이 높고…… 어쩌지?"

"좋아. 그렇다면 이거다!"

마스터가 화면에 비춘 그것은 『두근두근 메모리 온라인』 — 클로즈 베타 선정자에게 택배 테러를 가해서 이름을 떨친 그 게임이었다.

"어, 이거 할 거야?"

"아코에게 좋은 영향을 주고 싶은 거겠지? 루시안. 이거라면 게임으로 청춘을 맛보게 하는 것이 제일일 거다. 아닌가?"

"루시안과, 게임에서 청춘!"

아, 아코의 심금을 건드렸나보다. 이건 좋지 않아, 좋지 않은 전개야.

"자, 저랑 두근두근한 추억을 만들자고요!"

그~만~둬~!

"씁쓸하고 괴로운 게임이었어……."

슬슬 날짜도 바뀌려하는 시간, 나는 겨우 아코와의 두근두근 지옥에서 해방되었다.

플레이어가 두근두근 고등학교의 학생이 되어, 페어나 그

룹으로 두근두근 이벤트를 진행한다는 것이 두근두근 메모리 온라인의 주된 요소다. 노벨 게임을 주인공과 히로인으로 동시 플레이해서 각자 고른 선택지에 따라 시나리오 내용이 변하는 형식을 취하고 있다. 고득점을 얻기 위해서는 상대의 성격을 파악할 필요가 있고, 나름대로 게임성이 있는 시스템이긴 하지만—.

"너무 부끄럽잖아 이 게임……."

내가 연기하는 『루시안』과 아코가 연기하는 『아코』의 달콤쌉싸름한 청춘 연애 스토리를 주야장천 봐야하는 이 고행. 둘이서 체육창고를 정리하다가 갇히고, 체육대회에 나오면 2인3각을 하고, 수업 중에 몸이 안 좋아진 아코를 내가 간호하고— 그런 있을 법하면서도 실제로는 없는 갖가지 이벤트는 내 정신에 막대한 대미지를 가했다. 솔직히 말해 울고 싶다.

"왜 연애 게임을 온라인화하면 남자가 상처받는 건데? 보통 반대 아니야? 이거 완전 이상하잖아."

적어도 실제 여자인 것이 틀림없는 아코를 상대하던 나조차도 이런 상태라고. 이런데 상대가 실제 남자인지 여자인지 모르는 평범한 플레이어라면 어떻겠어? 분명 상대의 실체가 여자라고 믿고 이 러브러브 이벤트를 진행하는 거겠지? 두근두근 메모리 온라인을 하려는 인간의 몇 퍼센트가 여자일까 생각해보면 절망적인 확률 아닐까? 엄청난 용자 아니야?

"그런데도 조금 재미있었던 게 더 분해."

자기 반에서 시험을 치고 있을 때라든가, 어려운 선택지에서 아코의 생각을 읽고 훌륭하게 굿 시나리오에 도달했을 때라든가, 꽤 즐거웠다. 젠장, 진지하게 만들기는.

"청춘을 맛본 건 틀림없고, 아코가 평범하게 되어준다면 좋겠지만……."

그런 희망을 품고 향한 교실.

"좋은 아침. 니시무라 군."

우왓, 효과가 나왔다!

교실로 찾아온 아코가 엄청 생기 넘치는 표정으로 그렇게 말한 것이다.

아니, 정말 깜짝 놀랐어. 좋은 의미로 영향 받기도 하는구나.

청춘 게임 같은 캐릭터로 살아갈 수 있다면 친구도 엄청 만들 수 있지 않을까?

"조, 좋은 아침. 타마키."

"응, 좋은 아침."

싱글벙글 미소 짓는 아코를 보고 오히려 내가 동요하고 있었다.

그러나 아코는 나의 마음과는 정반대로.

거창하게 이마에 손을 대며 비틀거렸다.

"아, 아아…… 현기증이. 어쩌죠? 니시무라 군. 힐끔?"

"힐끔이 아니야."

억지로 이벤트를 진행하려고 하지 마. 여기서 고르는 선택지는 『그딴 것보다 배고파.』[#10]야.

"우우, 루시안. 심술쟁이."

"네 발상에 문제가 있다고."

"역시 저한테 청춘 같은 건 무리였던 걸까요……."

약간 좋은 느낌이었는데 그걸 네가 굳이 망가트린 거 아니야.

그런 이야기를 하는 사이 교실에 들어온 여학생 중 한 명이 이쪽으로 다가왔다.

"좋은 아침, 니시무라. 타마키. 오늘도 사이좋네."

"좋은 아침, 아키야마."

이름 맞지? 뒤에 세가와도 있고.

뭐, 그 세가와는 이쪽을 힐끔 보고는 흥 하고 내뱉었을 뿐이지만. 언제나 그렇지만 태도가 나쁘다.

"으! 조, 조조, 조조……."

아코는 인사만 하는데도 혀가 제대로 움직이지 않고, 오히려 조금 겁먹고 있었다.

"……좋은, 아침이에요."

#10 그딴 것보다 배고파 일본의 게임회사 아이렘의 게임에서 종종 뜬금없이 등장하는 선택지.

"좋은 아침~."

그런 아코에게도 명랑하게 대답해줬다. 이 대인스킬 굉장하네.

"니시무라, 니시무라."

슬쩍 다가온 아키야마가 우리를 둘러보며 조금 고개를 갸웃했다.

"있잖아, 요즘 부활동 안 해?"

"아니? 하는데?"

"그래?"

내용이 조금 별나긴 하지만 부활동 자체는 매일 하고 있다.

바깥에서 보면 언제나처럼 부활동을 하고 있는 걸로 보일 것이다.

"응. 하고 있어. 근데 왜 그런 걸 묻는데?"

"그치만 요즘 평소 있는 곳에서는 안 보이던데."

"응?"

"어?"

내 목소리와 세가와의 목소리가 겹쳤다.

무슨 소리지? 왜 같은 반 여자아이가 갑자기 LA의 이야기를 하는 거야?

"나, 나나코?"

"있잖아 아카네. 안 하는 거야?"

"어, 무, 무슨 소리야?"

애매한 미소를 지으며 얼버무리는 세가와, 그 표정이.

"이 몸에게 맡겨라~ 라고 말해놓고선."

꽁꽁 얼어붙었다.

"잠깐, 그거, 너, 무슨 소리야?"

"그러니까 같이 했었잖아. 니시무라 루시안이 엄청 잘 대해줬고."

그치? 라며 말을 건넸다.

전혀 기억이 안 난다.

아니, 기억은 난다. 솔직히 말해 나긴 한다.

차라리 인정해버리면 되겠지만, 그걸 인정했다간 눈앞에서 재가 되어가고 있는 세가와가…….

"세테, 씨."

"네~에."

아코가 중얼거리자 아키야마가 싱긋 웃으며 수긍했다.

"그게, 아키야마……?"

"응. 그래서 말했잖아. 곤란할 때는, 이라고."

"현실 이야기라고는 생각 못한다고! 게임 속의 약속이라고 생각하잖아 보통!"

같은 반 애가 온라인 게임에서 접촉해오리라는 생각은 못해!

"어, 어째서, 어째서 그런."

점점 새파래지는 세가와를 보며 아키야마는 꽤나 즐거운

듯이 말했다.

"그치만 몰래몰래 뭔가 하면서 즐겁게 놀고 있었잖아. 치사하다~ 싶어서. 아카네 굉장히 들떠 있더라. 이 몸에게 맡겨라~ 라니. 너무 재미있어서 웃다 쓰러졌어."

풀썩 하는 메마른 소리가 났다.

세가와의 몸이 비틀비틀 흔들리며 그 자리에서 천천히 주저앉았다.

아, 꺾였다.

"망했어…… 내 고등학교 생활 망했어……."

"니시무라도 게임 속에선 굉장히 믿음직하고 다정하고. 교실에 있을 때와는 인상이 다르더라."

"……그거 감사."

칭찬받는다는 기분이 안 든다.

리얼충에게 오타쿠 지식으로 칭찬받았을 때의 그 미묘한 느낌은 대체 뭘까. 내심으로는 분명 바보 취급할 거라는 생각이 든단 말이지.

"저기, 너무 루시안에게……."

나에게 미소 짓고 있는 아키야마에게 아코가 조심조심 말을 걸었다.

"아, 응. 타마키에 대해서도 꽤 알게 됐어."

"어……."

"부부라고 했던 거, 실은 게임 속의 이야기였구나. 학교에

선 평범하니까, 그래서 니시무라는 언제나 여친 아니야~
라고 말했던 거지?"

아키야마는 킥킥 웃으며 나에게 다가왔다.

어, 잠깐, 뭐야?! 갑자기 여자아이가 다가오면 곤란하니
까 그만둬줄래?!

"이런 관계는 아니잖아?"

그녀는 경직된 내 팔을 잡고 꼬옥 끌어안으며 몸을 기댔다.

"잘 부탁해. 아코."

"……."

"잠깐, 그만해."

눈을 부릅뜬 아코의 표정을 보고 바로 머리가 재기동했다.

억지로 아키야마를 뿌리치고 그녀에게서 멀어졌다.

"꺄앗…… 난폭해라~."

"시끄러워. 있잖아, 아코. 진정해. 지금은 그냥 농담이니
까, 찌르는 건 안 된다?"

아무리 그래도 정말로 바람피우면 즉시 참살 같은 소리는
안하겠지만, 아코의 경우는 농담이 아니다.

아코는 경직 상태에서 조금씩 움직이며 입을 열었다.

그리고 한마디 말이 새어나왔다.

"……루."

"루?"

"루시안은— 바람둥이! 이젠 몰라요오오오!"

오오오옷?! 외쳤다, 아코가 외쳤어!

일찍이 들은 적도 없던 음량으로 외친 아코는 그대로 발길을 돌려서 힘차게 교실에서 나가버렸다. 두두두두, 하는 발소리가 아련히 들리다가 곧 사라졌다.

"……저기, 가버렸는데."

어, 수라장? 리얼 삼각관계? 같은 소리가 교실 여기저기서 들려왔다.

"노, 농담이었는데?"

"늦어어어어어어!"

아키야마가 혀를 내밀며 말했지만, 그때는 이미 전부 뒤늦은 상태였다.

이거 어쩔 거야.

4장 아코즈 네스트

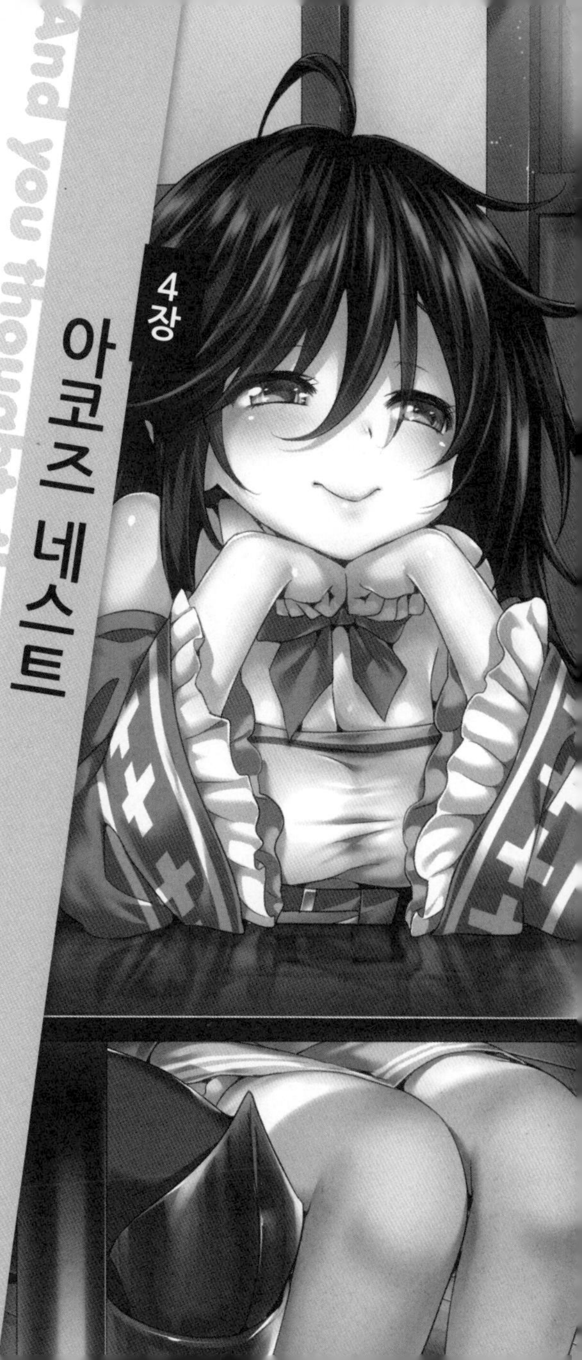

"타마키, 아침에 등교는 했지만 수업 시작 전에 돌아가 버리린 것 같아."

방과 후의 현대통신전자 유희부실. 사이토 선생님은 곤란한 목소리로 그렇게 말씀하셨다.

그렇구나. 역시 정말로 돌아간 거구나.

그 기세는 진심인 것 같았으니, 혹시나 하고 생각하긴 했는데.

"참고로 내일 결석한다는 연락도 이미 받았단다."

"걘 정말 쓸데없는 부분에서 손이 빠르네!"

그쪽은 예상 밖이야!

그 정도로 진심으로 도망친 거냐, 그 녀석. 이건 농담으로 넘어갈 수 없을 것 같은데.

"설마 그렇게까지 화를 내다니……."

"화가 났다기보다는 쇼크였다고 봐야 하겠지. 그녀가 가진 마음은 네 생각보다 강하다. 그걸 이해해줬으면 좋겠군."

"아, 네."

사정청취라는 형식으로 데려온 아키야마는 역시 낙담한 모습이었다.

그야 당연하지. 만약 여기서 밝게 웃고 있었다면 아무리 나라도 화를 낼 거다— 아니 사실 이래 봬도 꽤 화가 난 상태다.

"있잖아, 아키야마. 아마 잘 모를 거라고 생각하지만, 들어줘."

"어……."

내가 어울리지도 않게 진지한 표정으로 말했기 때문인지 아키야마는 묵묵히 시선을 마주봤다.

그 시선에 솔직한 반성의 기미가 엿보여서 나는 조금 목소리를 부드럽게 하면서 입을 열었다.

"뭐라 말해야 좋을지 어렵긴 한데, 우리 같은 인종은 말이지. 자기가 머무는 곳에 이물질, 그것도 자기보다 명백하게 스펙이 높은 녀석이 끼어드는 걸 굉장히 꺼려해. 꽃미남이 오타쿠 가게에 있으면 혀를 차고 싶어지지만 그럴 용기도 없어서 멀리서 힐끔힐끔 보면서 사라지는 걸 기다리는, 그런 생물이 우리라고. 아키야마 같은 사람이 반쯤 농담 삼아 끼어들어서 웃는 걸 목격하면, 꽤 진심으로 상처를 받아."

"그, 그럴 생각은 아니었어."

아키야마는 나에게서 시선을 돌리고 드문드문 말문을 열었다.

"요즘 아카네의 모습이 이상하다~ 싶어서 보고 있었던

것뿐이야. 니시무라한테는 언제나 심한 소리만 하면서도 뒤에서는 사이좋은 것 같고, 얼마 전까지는 학교에 전혀 오지 않았던 타마키와도 사이가 좋으니까 이건 분명 뭔가 있을 거다 싶었어. 그치만 아카네는 전혀 이야기해주지 않고, 어쩔 수 없어서 보러 갔더니—"

"재미있어 보여서 무심코 장난 치고 싶어졌다, 그건가."

"으, 으응."

"……뭐, 상대가 아코가 아니었으면 큰일은 아니었을지도 모르겠네."

세가와가 복잡한 표정으로 말했다.

"하긴 그렇지. 이야기를 들어보니 타마키의 과잉 반응 같기도 하고."

사이토 선생님도 말씀하셨다.

그럴지도 모른다. 평소에는 신경도 쓰지 않을 농담일지도 모른다. 그 말을 들은 게 아코가 아니었다면 웃으며 넘길 수 있었을지도 모르고, 살짝 화를 내면서 농담으로 끝마칠 수 있었을지도 모른다. 그런 의미로는 아코에게 잘못이 없는 것도 아니다.

하지만 나는 그런 게 싫단 말이지.

가벼운 농담이나 살짝 비아냥거리는 걸 무겁게 받아들여서 혼자 소동을 피우는 바람에 다들 기겁을 하는 거, 나도 경험이 있거든. 짐작 가는 녀석 분명 많을걸.

리얼충의 분위기는 따라갈 수가 없다고. 말투는 어딜 봐도 나를 비아냥거리고 있는데 그걸 농담이라고 넘어가야 돼? 어느 수준의 농담까지 웃으며 넘어가야 하는 건데? 화내면 안 돼? 말할 만큼 말해놓고 화를 내면 마치 내가 잘못한 것 같은 분위기는 대체 뭐야. 열 받잖아.

그야 무슨 소리를 해도 이해받지는 못하겠지. 그야말로 플레이 스타일의 차이니까. 나와 그 녀석들의, 인생이라는 게임을 마주보는 자세가 다른 거야.

하긴, 이런 생각 해봐야 별수 없나. 일단 움직여야지.

"어쨌든 원인은 전부 오해 레벨의 이야기다. 아코와 제대로 이야기를 하면 해결되겠지."

"근데 어떻게 이야기를 할 건데. 조금 전부터 전화해도 안 받는단 말이야."

그렇겠지. 아마 틀어박혀 있겠다고 결심했을 테니까 결단코 틀어박혀 있을 거야.

"그럼 어쩔 셈이냐? 루시안. 직접 집에 가볼 테냐?"

"그것도 좋지만, 아코가 도망친 곳이야 뻔하잖아."

이거이거, 라며 컴퓨터를 가리켰다.

"이 안이겠지. 어차피."

LA에 로그인하자 역시 아코는 게임 속에 있었다.

단지 평소와 다른 건, 언제나 있던 찻집이 아니라 어딘가의 사냥터에 있다는 것이었다. 그것도 혼자서 싸우고 있는 모양이다.

"아코가 솔로로 사냥을 하다니 언제 이후야?"

"적어도 몇 개월 단위일걸."

그렇게 쇼크였나, 아코.

◆루시안 : 아코, 있냐?

◆아코 : 마침 잘 됐네요. 루시안. 지금 레벨을 올리고 있는데 같이 하실래요?

대답이 돌아왔다. 저 시치미 뚝 떼는 말투가 반대로 무섭다.

"어쨌든 설명을 해. 오해만 풀리면 다 잘 될 테니까."

"그렇, 지."

◆루시안 : 들어봐. 조금 전은 오해랄까, 거짓말, 허풍, 장난 같은 거라고.

아코는 대답하지 않았다.

◆루시안 : 아키야마한테 이야기를 들었는데, 목적은 주로 세가와, 슈를 놀리는 거고 나나 너는 그 덤으로 놀렸을 뿐이야. 당연하지만, 나한테 관심 같은 건 없대.

"응, 전혀. 정말로 요만큼도 니시무라한테 관심 없어."

"……알고 있다고."

알고 있어, 알고는 있지만 그렇게 확실히 말하니까 역시 짜증나네!

팔을 끌어 안겨서 조금 두근두근했단 말이야. 미안하게 됐구만, 젠장!

◆루시안 : 방금 너 같은 건 요만큼도 관심 없다면서 일부러 내 마음에 구멍을 뚫는 소리를 했어. 깜짝 놀란 마음은 잘 알지만 신경 쓸 필요 없다고.

◆아코 : 거짓말이에요.

◆루시안 : 거짓말일리가 없잖아. 거짓말을 해서 무슨 이득이─.

◆아코 : 거짓말이야!

"우왓."

화면 속에서 느껴지는 박력에 무심코 침묵했다.

화났다, 아코 씨 완전히 화가 머리끝까지 났는데.

◆아코 : 원래부터 저 따위가 평범한 리얼충 여고생하고 승부해서 이길 수 있을 리가 없어요. 리얼 루시안은 저한테는 절벽 위의 꽃이었던 거예요. 어쩔 도리가 없어요.

아니아니 전혀 그렇지 않은데. 오히려 꽃은 반대 아니야?

그렇게 생각했지만, 연이어 날아온 아코의 채팅에 손가락이 멈췄다.

◆아코 : 이제 다 포기했어요. 루시안이 없는 인생 따윈 버리겠어요.

◆루시안 : 뭐?

인생을 버리겠다니⋯⋯ 너, 설마, 그런, 그런─.

"설마 아코, 니시무라에게 차인 탓에 세상을 비관해서……."

"아니아니 아무리 그래도 그건 아니잖아! 딱히 차지도 않았고!"

"큭, 서둘러 아코의 집으로 차를—."

"잠깐만, 자택에 전화 걸어볼게."

허둥지둥하는 우리를 앞에 두고, 아코의 다음 채팅이 표시되었다.

◆아코 : 저는 레벨을 만렙까지 올려서 환생한 뒤에, 다음 생에서 재도전할 거예요!

뭔 영문 모를 소리를 내뱉고 있어!

레벨? 레벨 올릴 거야? 환생이라는 건 즉 그거냐. 게임 시스템에 있는, 만렙까지 올려서 능력 보정을 받은 새 캐릭터를 만드는 그거냐!

"고작 5초 정도였지만, 진짜로 새파래졌어, 나……."

"나도……."

"……차는 취소해도 된다."

마스터가 휴대전화로 무슨 대화를 나누고 있었다. 정말로 차를 불렀던 것 같다. 고양이공주 씨에 이르러서는 바닥에 주저앉아버렸다. 정말로 좀 봐주라.

◆루시안 : 어, 저기…… 너 뭔 소리 하냐……?

아코는 힘이 추욱 빠져버린 우리를 신경도 쓰지 않고 기운차게 말했다.

◆아코 : 뭐냐니, 당연한 거잖아요. 레벨을 올리고, 새 캐릭터 카드를 사서, 귀엽고 밝고 인기 많은 저를 디자인한 뒤에 그걸로 다시 태어나는 거예요. 저는 이상적인 다음 생을 목표로 할게요. 그때까지는 LA를 실컷 즐기겠어요!

아니아니아니 다음 생 같은 건 없어. 그보다 그건 다음 생을 목표로 하는 게 아니잖아. 인생을 버리는 거잖아.

요컨대 인생 종친다는 거잖아.

◆아코 : 루시안도 부디 함께 떠나요!

"강제 동반자살의 권유가 왔는데."

"나도 죽는 건 싫어. 근데 아코가 말하는 인생을 버린다는 거, 진짜로 현실을 포기한다는 의미인가……."

그것도 그것대로 곤란하다. 아코가 없어지면 내 인생에서 꽃다운 꽃이 모두 사라진다.

게다가 친구가 인생을 버릴 정도로 절망한다는 건, 실제로 겪어보면 꽤나 무력감이 있다. 괴롭다.

◆아코 : 그치만 생각해 보세요. 다음 생의 자신을. 멋있고 머리가 좋고 운동도 잘하고 음악의 재능도 있고 미적 센스도 있고 무슨 일이든 긍정적이고 노력을 게을리 하지 않으면서 돈 많은 집에서 태어난 자신이 된다면, 어떤가요?!

"…………다음 생의 이상적인 인생인가."

◆루시안 : 약간이지만 꿈만 같긴 하네.

◆아코 : 그렇죠?!

"너 왜 세뇌되고 있는 거야! 강제 동반자살이 아니라 평범한 동반자살이 되고 있잖아!"

"우오오오오오, 그만둬그만둬!"

세가와가 내 목을 잡고 덜컹덜컹 흔들었다. 눈이, 눈이 핑핑 돈다!

"그치만 너도 되고 싶잖아. 그런 자신이!"

될 수만 있다면 되고 싶잖아, 이상적인 자신이!

"그런 초인이 될 수 있을 리가 없잖아! 그보다 된 시점에서 이미 네가 아니잖아. 무슨 의미가 있다는 거야!"

그건 그렇지만, 그래도 역시 되고 싶잖아!

누구나 생각하잖아. 자신에게 뭔가 하나라도 좋으니까, 누구에게나 자랑할 수 있는 뭔가가 있었으면 좋겠다고.

얼굴이 잘생겼다, 머리가 좋다, 운동을 잘한다, 음악을 잘한다, 미술을 잘한다, 노력하는 것이 힘들지 않다, 집이 엄청난 부자, 그런 뭔가 태어나면서부터 굉장한 부분이 나에게도 있었다면 하는 생각은 누구나 하잖아!

◆아코 : 그렇게 됐으니 루시안, 저는 현실 쪽에서는 죽고, 지금부터 진심으로 이 게임을 해나가려고 해요.

◆루시안 : 어, 어어.

납득해선 안 되지만, 아코의 기세에 밀려 무심코 동의해

버렸다.

그러자 아코는 계속 이어서 말했다.

◆아코 : 그러니까— 루시안은 지금도 고등학생이죠?

◆루시안 : 그야 그렇지.

◆아코 : 다음 생을 위해 캐릭터를 강화할 테니까요.

◆루시안 : 응.

◆아코 : 학교 그만둬주시지 않을래요?

◆아코 : 그리고 루시안도 교대로 캐릭터를 키워줬으면 하니까, ID랑 비밀번호 알려드릴게요.

아니, ID는 이미 알고 있는데………… 근데, 응?

응? 어, 저기, 응?

"……응?"

"응? 이 아니야. 정신 똑바로 차려."

"어, 어어."

아코가 내뿜는 온라인 게임 폐인 수준의 박력에 삼켜질 뻔 했지만, 고개를 내저으며 냉정함을 되찾았다.

게임을 위해 학교를 그만두라고? 아코는 어째서 그런, 어딘가에서 들어본 것 같은 무서운 소리를 내뱉는 걸까.

◆아코 : 참고로 저는 학교 그만둘래요.

거기는 벌써 결의한 거냐!

"퇴학은 안 되잖아!"

"위험하네. 얘 상당히 맛이 갔어."

"이건 막지 않으면 위험하겠군. 어쩔 테냐? 루시안."

어쩌냐니. 타이를 수밖에 없잖아!

◆루시안 : 진정해, 아코. 흥분하지 마.

◆아코 : 저는 침착해요. 침착하게 생각해서 결정한 거예요.

더 안 좋잖아!

확실히 말에 막힘이 없는 만큼 진심 같아서 무섭다.

◆아코 : 그렇게 됐으니까, 앞으로 저는 LA에서 살겠어요. 현실 따윈 필요 없어요. LA만 있으면 살아갈 수 있어요. LA 안에서라면 루시안은 제 서방님이에요.

◆루시안 : 너……

◆아코 : 그럼 환생을 목표로 열심히 할게요!

◆루시안 : 야, 기다려, 기다리라고!

저, 저 녀석 채팅을 꺼버렸잖아! 귓속말도 차단해버렸어! 이제 쟤한텐 닿지를 않아!

"큰일 났군. 아코가 망가졌어."

"이건…… 곤란한 사태네."

"저기, 혹시 내 탓이야?"

아키야마가 딱딱한 표정으로 말했다. 너와— 내 탓이야. 말할 것도 없지.

"이렇게 된 이상 전원이 집으로 쳐들어가면 안 되나?"

"더 고집을 부리지 않을까?"

"하긴……."

"일단 시간을 두자. 타마키도 시간이 지나면 냉정해져서, 은근슬쩍 학교로 돌아올지도 모르잖니?"

사이토 선생님이 선생님답게 이야기를 정리하셨다.

"그렇다면 기우로 끝나겠지만……."

불안감 섞인 눈으로 마주보면서 한숨을 내쉬었다.

그렇게 해서 우리는 각자 집으로 돌아갔다.

그러나 솔직히 말해서, 자고 일어난다고 아코가 원래대로 돌아오리라는 생각은 누구도 하고 있지 않을 것 같았다.

다음 날, 아코는 학교에 오지 않았다.

그 대신이라는 듯이 레벨이 하나 올라갔다.

"이상사태야. 걔가 솔플로 레벨을 올리다니 말도 안 돼."

"그렇지. 그것만으로도 현 상황의 위험성이 훤히 드러나는군."

"……솔직히, 나도 동감이야."

지금껏 본 적이 없을 정도로 진지하게 LA에 몰입하고 있다는 건, 반대로 말하면 전력으로 LA로 도피했다는 소리다. 사태는 심각해 보인다. 하고 있는 짓은 솔직히 바보 그 자체지만.

"아코 군을 설득할 수밖에 없지만, 우리가 보내는 채팅을 차단하고 있는 모양이더군."

"그럼 새 캐릭터를 만들어서 말을 걸어보는 건?"

"직접 현지까지 가서 말을 거는 것도 좋겠네. 하지만……
나는 아코가 조금 더 진정할 때까지 기다려주고 싶어."

"너, 이번에는 이상하게 아코 편을 드네. 평소에는 정반대
인데."

"뭐, 그렇지."

한번 마음 먹으면 고집스러운 아코가 상대다. 이런 위험이
있을 수 있다고 생각해야만 했다. 그런 책임감을 느끼고 있는
면도 있다. 아코가 하는 고민에 공감하는 부분도 있었다.

게다가, 솔직히 나는 아코의―.

"미안하지만, 그건 곤란해."

"선생님?"

사이토 선생님이 내 어깨에 턱 손을 얹으며 말씀하셨다.

"이 부활동 이야기 말인데. 타마키의 상황이 개선― 이랄
까, 일단 등교를 하게 되었다는 것이 이곳의 성과였어. 하지만
그게 역시 한때뿐이었다는 결과가 나오면 오히려 악영향이 아
니었나 하는 그런 이야기가 되어버리거든. 최악의 경우, 타마
키가 돌아올 곳 자체가 사라져버릴 가능성이 있단다."

"문제네요……."

시간이 촉박한 건가. 반대로 말하면 아코가 이미 퇴학했
다는 걱정은 없다는 거지만.

"퇴학…… 아, 선생님. 참고로 아코가 퇴학한다는 그건

요?"

사이토 선생님은 아코의 담임도 아니고, 듣지 못했을지도 모른다고 생각하면서 일단 물어봤다.

"음, 글쎄. 타마키를 자칭하는 여성한테 그런, 퇴학을 선언한 듯한 전화를 받은 것 같기도 한데."

"네에엣?!"

깜짝 놀랐다.

정말로 퇴학한다는 연락을 한 거냐, 아코!

"그리고 그걸 받은 게 나였는데, 으음, 그때 조금 피곤해서 이야기한 내용이 잘 기억이 안 나지 뭐니. 아마 렉이라도 걸린 게 아닐까?"

"학교 전화는 좀처럼 렉이 안 걸릴 텐데요……."

즉 선생님 쪽에서 그 연락을 묵살해버린 건가.

"그거 괜찮나요?"

"괜찮을 리가 없잖니. 들켰다간 큰 문제야."

"그렇긴 하죠."

퇴학은 정말로 큰일이다. 듣지 못했다는 소리로 넘어갈 수 있는 문제가 아니다.

그렇지만 사이토 선생님은 조금 곤란한 표정으로 어깨를 으쓱할 뿐이었다.

"하지만 내버려두는 것도 괜찮을지도 몰라. 나한테는 가짜 커터 칼까지 들이댔는데 이번에는 틀어박혔을 뿐이잖니? 그 아이 나름대로 개선은 되고 있다고 생각해."

"그렇죠. 요즘은 그 녀석 나름대로 노력하고 있었어요."

"그치? 그러니까 그걸 잘 알고 있는 남자아이가 분명 어떻게든 해줄 거다, 그런 생각이 들어."

그렇지? 라며 웃는다.

"뭔가 없는 거냐아? 루시안. 폼이나 호기심으로 결혼 같은 건 하지 않는다고 했었잖냐아."

"학생을 상대로 그런 전폭적인 신뢰를 두다니."

"학생을 신뢰할 수 없는 교사 같은 건 아무 의미도 없다냐."

"큭…… 조금 멋있는 말을 하다니."

냐아♪같은 소리를 할 나이가 아니잖아— 같은 뻔하디 뻔한 반격으로는 손도 발도 내밀 수 없었다.

옛날부터 이런 사람이었으니까 나는 트라우마를 뒤집어쓰게 되었단 말이지. 젠장.

"이 정도가 되지 않으면, 나에게 반해준 루시안에게 미안하다냐."

사이토 선생님은 키득키득 웃었다.

뭐야 이 한방 먹은 기분은, 다 들킨 거야?

"알았어요. 거기까지 말씀하신다면 반드시 도와주셔야 해요— 고양이공주 씨."

†††　†††　†††

　각종 준비를 끝내고 귀로를 밟았다.

　무거운 가방을 짊어지고 걷는 내 옆에는, 오늘은 아코가 아니라 세가와가 있었다.

　"이렇게 같이 돌아가는 건 처음이네."

　"뭐, 그러네."

　세가와는 나를 보지도 않고 대답했다. 저녁놀에 비치는 그녀의 옆모습이 매우 어른스러워서, 평소와는 다른 분위기가 났다.

　"온라인 게임 하는걸 나나코한테 완전히 들켰고, 걔는 여기저기 떠드는 타입은 아니지만…… 이렇게 된 이상 이제 그다지 의미가 없을 것 같아서."

　"그러냐."

　"그리고, 평소에는 아코를 신경 쓰는 면도 있었으니까."

　"땡큐…… 라고 말해야 하나."

　아니면 쓸데없는 걱정이라고 말해야 하나.

　덕분에 아코와 돌아가는 것이 일상이 됐지만.

　"그, 아코 말인데."

　그때, 겨우 세가와가 나를 향해 고개를 돌렸다.

　"난 말이야. 그다지 진지하게 나서지 않아도 괜찮을 거라고 생각해."

"……어째서?"

세가와는 음, 하고 한 호흡 쉬고는 하늘을 바라봤다.

"예상이지만, 아코는 진짜로 나나코가 너를 빼앗아간다는 생각을 한 건 아니라고 봐."

"그럴까?"

"단지 무심코 과잉반응해 버려서 토라진 척 했더니 생각보다 더 큰일이 난 분위기가 되어버렸으니까 본인도 적당히 끊지 못하고 이상한 방향으로 폭주해버린 게 아닐까."

"솔직히 나도 그렇게 생각해."

그런 종류의 초조함이 LA에 진지하게 몰입한다든가, 다음 생에서 재도전이라든가, 그런 영문 모를 소리를 내뱉은 원인이 되었을 것이다.

"그치? 그러니까 네가 확실히 마주보고 이야기를 나누면 돌아올 거야, 분명."

"……뭐, 어찌 됐든 아코와 이야기는 해볼게."

"맡겨 둘게."

세가와는 응, 하고 끄덕이며 조금 표정을 풀었다.

모두가 있는 교실에서는 그다지 보여주지 않는, 정말로 긴장이 풀린 표정.

세가와가 진심으로 화내는 모습도, 진심으로 초조해하는 모습도, 진심으로 기뻐하는 모습도. 부실에선 잘 보인다.

하지만 평소 교실에서는 거의 보이지 않는 것처럼 보인다.

그렇게 생각해서 넌지시 물어봤다.

"야, 세가와."

"응?"

"너 말이야. 온라인 게임 하는 거 들키면 큰일 날 거라고 했었잖아."

"이미 큰일 났단 말이야, 떠오르게 하지 마."

"그건 미안."

상처를 헤집어서 정말로 면목이 없다. 순순히 사과하겠습니다.

"그치만 그만큼의 이유가 있는데, 그런데도 온라인 게임을 하는 이유는 뭐야?"

"……어, 그게 궁금해?"

세가와는 눈썹을 찡그리며 굉장히 떨떠름한 표정을 지었다.

이거 곤란한 질문을 한 건가. 그렇게 싫어할 이야기라고는 생각 못했다.

"이거, 물으면 안 되는 이야기였어?"

"아니, 안 된다기보다는…… 음, 아…… 너, 이거 절대로 누구한테도 말하면 안 돼. 나나코한테도, 마스터한테도, 아코한테도."

"그런 사정이 있어? 말하지 말라고 한다면야 물론 말하지 않겠지만."

그녀의 모습에서는 이야기를 하고 싶다는 분위기가 느껴졌다.

세가와는 약속이야, 라며 재차 다짐을 받고 드문드문 말문을 열었다.

"있잖아…… 오해하지 말고 들어줬으면 하는데."

"어."

"내가 물려받은 컴퓨터를 갖고 인터넷 세계를 떠돌기 시작했을 무렵에, 나는 그냥 개나 고양이 동영상을 샅샅이 뒤져보는 수준의 얕은 사용법밖에 모르던 평범한 중학생이었어."

그게 정말로 평범한 걸까.

동영상을 뒤져보는 여중생이 과연 일반인인지 어떤지는 매우 미묘했지만 본인이 그렇게 말한다면 덮어두자.

"그러던 때 이 게임의 광고를 본 거야."

"화면 옆 같은 곳에 표시되는 광고 말이야?"

"응응. 그래서 말이지. ……정말로 오해하지 않을 거지?"

"안한다니까. 대체 뭔데."

여기까지는 문제가 생길만한 발언이 아무것도 없었다. 대체 무슨 일일까.

세가와는 입을 열었다 닫았다를 반복하다가, 정말로 거북하다는 듯이 입을 열었다.

"그게…… 남자 두 명이 말이지. 쓰러진 드래곤을 배경으로 어깨동무를 하며 웃고 있는 그림이었어. 그게 참, 내 소녀심을 파바박 찌르더라고."

"……뭐?"

어, 뭐야, 그건 즉, 그런, 저기, 그거?

"너 그런 부류였어?! 그런, 부녀자(腐女子)스러운—."

"아니야! 그러니까 오해하지 말라고 했잖아!"

아니아니 오해가 아니잖아, 어딜 봐도 썩은 내가 풀풀 나는 발언이잖아!

"나도 그 그림은 기억해. 뭔가 슈바인 같은 대검을 장비한 녀석하고 나처럼 방패를 든 녀석의 콤비였어! 공식에 있었으니까 기억한다고!"

"그거야. 그래서 그런 캐릭터를 만든 거지만."

"설마 나랑 함께 사냥할 때도 그런 상상을."

"아니라고오오오오오!"

세가와가 퍽퍽 등을 두들겼다.

아프잖아, 알았어. 알았다고!

"그런 장미 같은 게 아니고! 그 완전 이 몸 캐릭터 같은 남자랑, 그걸 어쩔 수 없다며 받아주는 방패든 남자의 관계가 굉장히 멋진 남자의 우정같이 보여서, 그것에 끌렸단 말이야!"

세가와의 얼굴은 새빨갛게 물들어 있었지만, 적어도 거짓말을 하는 것 같진 않았다.

그보다 세가와가 슈바인이라는 걸 알게 된 그 순간부터

이 녀석이 나에게 거짓말을 하는 건 아침의 교실에서뿐이다. 그건 틀림없이 신뢰하고 있었다.

"……우정, 이라."

하지만 우정이라고 한들 난 잘 모르겠다.

떨떠름하게 말하는 나를 보며 세가와는 진지한 표정으로 말했다.

"진짜야. 저기…… 말이지. 여자끼리는 진짜 우정이 없다, 같은 소리 자주 하잖아? 혼자 자리를 떠나면 남은 사람이 전부 그 아이의 험담을 한다거나 하는 그런 거."

아아, 자주 듣지 자주 들어. 여자는 무섭다는 이야기다.

실제로 그런 현장을 본 적이 있는 건 아니지만.

"너희는 그런 짓을 하는 거야?"

"안 해! 적어도 나는 안 하고, 주위에서 그런 건…… 가끔 밖에, 안 하고."

아, 가끔은 하는구나— 라고 생각한 건 마음속에 담아둔 채 흐응, 하고 심드렁한 대답을 했다. 하지만 세가와는 다 안다는 듯이 쓴웃음을 지었다.

"가끔은 하는구나, 같은 표정이네."

"알 수 있어?"

"그야 너랑은 오래 알고 지냈으니까…… 그래. 바로 이런 거야"

"이런 이심전심같은 대화 말이야?"

맞아, 라며 끄덕인다.

"난 여자끼리의 우정도 굉장히 좋은 거라고 생각해. 바보 취급하는 남자는 두들겨주자고 생각할 정도로. 하지만, 하지만 말이지. 역시 나도 절친이라고 생각한 나나코한테 온라인 게임을 하는 걸 말하지 않았던 것처럼, 완전히 믿느냐고 묻는다면 그것도 아니라서."

"……응."

"이런 소리를 하면 꺼려할지도 모른다든가, 밑으로 깔아볼 것 같다든가, 이런 취미가 있다는 걸 들켰다간 기분 나쁘다고 생각할지도 모른다든가. 그런 서로의 랭크를 맞춰봐서 비교하는 친구들이 아니라, 생각하는 걸 전부 상대에게 부딪치고, 상대도 생각하는 걸 전부 되돌려주는, 그런 남자와 남자의 우정 같은 건 조금 좋다고 생각해."

"그래서 슈바인을 만들었다는 건가."

"응. 하지만 게임 자체도 해보니 즐거웠고, 이게 최초로 시작한 이유밖에 되지 않는다는 건 확실해."

그야 게임이 재미없으면 그렇게 빠지지 않지. 들켰다간 큰일이라는 걸 알고 있으면서도 그만두지 못할 정도로 좋아하게 되었으니까.

"그치만, 그렇기 때문에 너랑 말다툼을 하는 건 꽤 즐거웠어. 아무리 억지스러운 소리를 해도 너는 반드시 받아쳐주고, 내가 시건방진 소리를 하면 웃으며 놀려대고, 내가 비아냥거리면 너도 나한테 불평하고…… 하고 싶은 말을 전부 하고, 그래도 웃으며 내일 보자고 말하는 그런 거. 굉장히 좋았어."

"나도 너랑 바보처럼 소란피우는 건 싫지 않았어."

말투는 나쁘지만 속으로는 마음이 잘 맞는 좋은 녀석이라고 생각했었다고.

"그렇다면, 기쁘네."

세가와는 조금 쑥스럽게 말하고는 숨기듯이 자기 뺨을 만졌다.

묘한 침묵이 흐르고, 잠시 뒤.

재차 입을 연 나의 파트너는 또다시 내 신부의 이름을 꺼냈다.

"아코가 말이지. 너를 좋아하는 이유를 말한 적이 있었어."

"아코가?"

갑자기 무슨 소리야. 부끄러운 폭로 대회나 뭐 그런 거냐?

아코한테 들은 나를 좋아하는 이유라— 들은 적 있었던가. 이런저런 소리를 들은 건 기억하지만 너무 많아서 솔직히 기억이 잘 안 난다.

"걔는 자기가 둔한 걸 잘 알아. 어벙하고, 착각도 심하고, 기억력도 떨어지고, 익힌 것도 금방 잊어버린다는 거. 처음에 알게 된 사람들도 점점 사라져갔대."

"있을 법하네."

흥미가 있는 거라면 확실히 기억하는 것 같지만 말이지. 약간이라도 자기 영역에서 벗어나면 어벙한 녀석이라니까.

"그치만 너는 뭐라 뭐라 말하면서도 계속 버리지 않았다더라. 민폐만 끼치던 자기한테 다음엔 힘내라, 다음엔 제대로 하라면서 반드시 다음을 준다며. 그건 화면 속의 자신인데도 마치 현실의 글러먹은 자신도 받아들여 주는 것 같아서 기뻤다고. 자칫하면 머릿속이 녹아내리지 않을까 싶을 정도로 행복하게 말하더라."

"듣고 있기만 해도 부끄러워질 정돈데."

"말하는 나도 부끄러우니까 괜찮아."

그건 괜찮다고 말할 수 없다고. 아픔을 서로 나누는 거잖아.

애초에 그런 건 그냥 결과라고. 정이 들었으니까, 마음에 걸렸으니까, 그러면서 이야기해보니 마음이 맞았으니까, 그래서 다음에도 같이 하자고 생각했을 뿐이야.

그 과정에서 실력의 좋고 나쁨은 그리 대단한 문제가 아니야. 게임이니까.

게임이니까 실력을 중시하는 사람이 있는 것도 사실이지만.

"사실은 나도 그래."

"뭐?"

세가와는 갑자기 빨리 걸으며 내 앞에 섰다.

무슨 표정을 하고 있는지, 어떤 식으로 말을 고르고 있는지 모든 것을 숨기고, 흔들리는 트윈 테일과 작은 등만으로 말한다.

"처음 오프에서 너를 만났을 때는 깜짝 놀랐지만, 엄청 무섭기도 했어. 모두 앞에서 평소 너한테 무슨 짓을 해왔는지 퍼트려서 모두한테 백안시당할 것 같아서…… 아아, 이걸로 끝이려나 싶었어."

"그런 짓은 안 해."

"안 했었지."

당연하지. 그야 조금 화는 났지만, 오랫동안 함께 플레이했잖아. 너의 겉모습과 내면의 차이 정도는 알고 있다고.

"그 후에도 겉치레 때문에 너한테 못된 짓을 했는데, 그래도 전혀 화를 안 내고, 슈바인이 되었을 때도 평소 그대로였잖아."

"너야말로 들킬지도 모르는데 아코 일로 나를 도와줬잖아."

그거야말로 놀랐다고. 도움을 주지 않았다면 절대로 수습되지 못할 사태였다.

지금 어렵사리 상황이 정리된 것도 그때 세가와의 덕이라고 말해도 좋을 정도다.

"그야 당연하지. 너를 저버릴 수는 없으니까. ……그래. 당연한 일이었어. 그래서, 아아, 이런 느낌이구나, 했지."

"이런 느낌이라는 게 뭔데."

"내가 원하던 것이 존재했다는 거. 너랑은 계속 함께 지낼 수 있겠다, 계속 함께 지냈으면 좋겠다고, 생각했어."

"그럼…… 너랑은 오랫동안 함께 지낼 것 같네."

"지긋지긋한 관계라는 녀석이네."

"지긋지긋한 건 네 머릿속이야."

"네 성격이겠지."

세가와는 빙글 돌아보고는 똑바로 나를 바라보며 웃었다.

선선히 불어오는 바람 탓에 눈을 약간 가늘게 뜬 그 표정이 빨려 들어가는 것처럼 내 눈 속에 파고들었다. 신기한 감각이었다.

"그리고, 그 지긋지긋한 관계는 저 은둔형 외톨이녀도, 과금 바보도 들어있으니까. 아코, 제대로 불러와줘."

"……그래, 맡겨둬."

"좋아. 그럼— 이 몸을 대신해서 부탁하마, 바보."

"바보는 너야."

반사적으로 되돌려준 나를 향해 웃으며, 슈바인은— 세가와는 가볍게 발을 내딛으며 멀어져갔다.

정신이 들자 마에가사키 역은 바로 눈앞이었다.

헤어질 때 다소 긴장이 풀린 표정을 보건대, 세가와도 어

느 정도는 나를 신용해주고 있는지도 모른다.

하지만 뭐. 애석하게도 나는 아코의 마음도 잘 알거든.

그 녀석의 기대에 부응할 수 있을지 자신은 없지만— 뭐, 열심히 해볼까.

자, 그럼 준비를 하자.

아침보다 한층 무거워진 가방을 다시 멨다.

††† ††† †††

"여기인가……."

눈앞에는 『타마키』라고 크게 적힌 문패.

나는 아침 일찍부터 아코의 집에 직접공격을 시도하러 찾아왔다.

집에 쳐들어가면 더 고집을 부린다고? 아니아니 나는 아니지. 남편이니까 괜찮아.

주소? 그거야 당연히 알고 있는 거 아니냐.

최근 며칠 동안 다른 게임을 했을 때, 그때마다 내가 그 녀석의 주소를 입력해서 등록해줬다고.

그러다보니 이미 다 암기했어. 나쁜 건 아코야. 나는 잘못 없어.

타마키 가는 극히 평범한 2층 구조의 민가였지만, 바깥에서 보니 안뜰도 바깥도 깔끔하게 정리가 되어 있었다. 집안 사람들의 성격이 잘 전해졌다.

"자, 그럼. 귀신이 나올까 뱀이 나올까."

나오는 건 아코였으면 좋겠다고 생각하며 조심조심 벨을 눌렀다.

딩동 하고 느긋한 소리가 울리고, 두근두근하며 기다렸다 ― 그러나 아무 대답도 없었다.

어떻게 된 거지. 없나? 아니면…… 없는 척하는 건가?

"……할 것도 같네."

"뭐가 말이니?"

"아코가 집에 없는 척을― 우오옷?!"

누군가 있다! 어느새 바로 근처까지 왔잖아!

당황해서 소리를 지르며 상대의 얼굴을 본 순간, 나는 아코가 나온 줄 알았다.

그러나 아니었다. 각종 부위가 한층 커다랬고, 머리가 스트레이트인, 제대로 앞을 보는 아코, 같은 사람이었다.

즉 알기 쉽게 말하자면, 걸리는 부분이 사라져서 굉장한 미인이 된 아코다.

"저기, 너, 누구니?"

아코를 닮은, 하지만 묘하게 예쁜 사람이 말을 걸어서 두근두근 거리며 대답했다.

"저기, 니시무라라고 합니다. 오늘은, 그게……."

"아아, 네가 그 니시무라 군?"

그녀는 내 말을 기다리지도 않고 납득한 표정으로 말했다.

그 니시무라 군이라니 뭡니까, 그 니시무라 군이라니. 아코는 집에서 나를 대체 어떤 식으로 소개한 걸까.

"뭐, 서서 이야기하는 것도 그러니까 들어오렴."

"괜찮나요?"

"당연하잖니. 딸의 친구가 놀러 왔는데 차 정도는 타줘야지."

딸…… 딸이라고?!

이 사람이 아코의 어머니?! 언니가 아니라?!

비슷하긴 하지만, 확실히 비슷하긴 하지만!

"어, 어머니이신가요?"

"어라, 언니로 보이니?"

"솔직히 말해서, 네."

솔직하게 말하자 아코의 어머니는 기쁜 듯이, 하지만 조금 꿍꿍이가 있는 미소를 지었다.

"우후후후후. 정말로 그렇게 생각한다면 아코는 꽤 유망주 아니니? 그 아이, 나를 닮았으니까."

"아니 뭐…… 그러네요."

여러 가지 의미로 비슷할지도 모른다.

집 안은 어딘가 아코에게서 느낀 적이 있던 향기가 났다. 평소라면 안절부절 못할 남의 집 공기가 왠지 묘하게 익숙하다. 안내받은 소파도 은근히 편안한 감촉이었다.

그렇다고 편하게 있을 수 있는 건 아니었다. 긴장되는 건 변함이 없었으니까.

"자, 받으렴. 차란다. 미처 묻지를 못해서 홍차로 했는데, 괜찮니?"

"아, 감사합니다. 뭐든 마실 수 있어요."

"그래, 다행이구나."

아코의 어머니는 싱글벙글 웃으며 내 맞은편에 앉았다.

"흐음, 헤에, 호오."

그리고 왠지 나를 관찰하면서 즐거운 소리를 흘리고 계셨다.

뭐, 뭐야 이거. 나는 대체 무슨 짓을 당하는 거지.

"저기, 아코…… 타마키는……."

"아줌마도 타마키인데?"

큭, 벽차군. 포기하고 말을 고쳤다.

"어어, 아코한테서 저에 대해 뭔가 들으신 건가요?"

"으~음. 대단한 건 못 들었지. 그냥 그 아이가 공연히 기합을 넣으며 도시락을 쌀 때 누구한데 주는 거니~ 라고 물었더니, 미래의 서방님이라고 말한 건 잘 기억난단다."

"푸흡."

그, 그 녀석, 가족이 상대라고 그런 쪽팔린 말을…….

빨개진 얼굴을 숨기기 위해 홍차를 입에 넣었다. 맛은 전혀 모르겠다.

"자…… 그럼."

그때 분위기가 변했다.

계속 웃고 있던 아코의 어머니가 갑자기 눈을 스윽 가늘게 떴다.

화났을 때의 아코와 가까운 꺼림칙한 압력이 느껴졌다.

"그 미래의 서방님이, 우리 집 민폐 딸내미에게 무슨 볼일일까? 방에서 끄집어내서 학교로 끌고 갈 생각이니?"

말로는 명백하게, 시선은 진지하게 나를 뚫어져라 바라보고 있었다.

여, 역시 부모 입장에서는 그런 걸 기대하는 걸까. 그렇다면 정말로 면목이 없다.

나는 가져온 가방에서 마스터에게 빌려온 노트북을 끄집어냈다.

"죄송합니다. 저, 그냥 아코랑 놀러 왔어요. 학교도 쉬었고요."

"……놀러 온 거니?"

"네. 네에."

"저 아이, 학교 안 간다고 말하고 있는데?"

"죄송합니다…… 역시 곤란하신가요?"

평범한 부모님이라면 화내겠지. 그건 당연한 일이다.

하지만 나도 나름대로 생각을 하고 왔으니까, 약간이라도 좋으니 이해해주셨으면 좋겠는데.

"음…… 우후후후후!"

우후? 뭐야, 우후라니?

"우후후후후후후후!"

"어, 저기? 왜 그러시죠?"

아코의 어머니께서는 묘한 미소를 지으며 일어서시더니 책상을 빙 돌아서 내 옆에 앉았다. 그대로 내 옆구리를 팔꿈치로 쿡쿡 찌르신다. 저기, 아파요. 아프다고요.

"저, 저기? 그게, 아코 어머니?"

"귀찮지? 그냥 어머니로 부르렴. 애, 성 말고 이름은 뭐니?"

"니시무라 히데키, 인데요."

"그렇구나. 오케이 오케이, 그럼 히데키."

마치 제 자식이라도 부르듯이 말씀하시고는 간소하게 제작된 열쇠를 내 손바닥에 턱 올려놓으셨다.

"이거, 줄게."

"허어."

뭐지 이건. 집 열쇠, 는 아니다. 너무 모양이 단순하다.

"이거, 아코의 방 열쇠야."

"네에?!"

"저 아이 말이지. 열쇠를 갖고 있는 건 자기만이라고 믿고 틀어박혀 있단다. 엄마한테 없을 리가 없는데, 그치?"

"아니아니아니, 그렇다고 그 열쇠를 왜 타인한테 주시는 건데요?!"

"나는 이제 일하러 나가봐야 하니까, 저 아이를 잘 부탁해."

"에에에에에엑?!"

맡아도 되는 겁니까? 저 놀러 왔는데요? 따님에게 좋은 영향을 줄 거라고 자신감 있게 말할 수도 없는데요?

"괘, 괜찮으신가요?"

"물론."

아코의 어머니는 어째서인지 자신만만하게 말씀하셨다.

"아마 저 아이가 내 손을 떠난 뒤에 돌봐주는 건 너일 테니까."

"그건…… 아직 책임은 못 지는데요."

"솔직해서 좋구나. 그럼 히데키, 아코를 잘 부탁할게. 현관 열쇠는 거기 열쇠함에 있으니까 나갈 때 쓰렴. 뭣하면 하나 갖고 가도 된단다."

"사양하겠습니다!"

"어머, 유감."

아코의 어머니는 가볍게 말씀하시고는 가방을 손에 들고 정말로 나에게서 등을 돌렸다.

일, 일인가. 그러고 보니 아코가 그랬지. 돌아와도 집에는 아무도 없다— 뭐 그런 이야기를.

거실에서 나가는 등을 배웅하자, 현관에서 "일 갔다 올게~." 라며 위층에 말을 거는 목소리와 "네~에." 하고 돌아오는 대답이 들렸다. 모녀의 대화다. 즉 아코는 역시 이 집에 있다는 소리다.

나도 홍차를 다 마시고 타마키 가의 거실을 나섰다.

아코의 목소리가 들린 건 2층이다. 그러나 어떤 방인지는 모르겠는데— 라고 생각했지만, 『아코의 방』이라는 문패가 확실히 걸려 있었다.

천천히 심호흡.

손을 들어서 똑똑 노크를 했다.

"히익?!"

방 안에서 숨을 삼키는 소리가 들렸다.

아, 그렇군. 아무도 없어야할 집에서 노크소리가 들리면 깜짝 놀라겠지.

"아코, 나다."

"어…… 루, 루시안?!"

들려온 아코의 목소리에 놀라움과 함께 안도감이 담긴 것에 조금 안심했다. 적어도 환영받지 못하는 손님은 아닌 모양이다.

"그래, 좋은 아침이다. 갑작스럽지만 놀러왔어. 들여보내 줘."

"네엣?! 아니, 그보다 왜 여기 있는 건가요? 엄마는요?!"

"제대로 허가는 받았다만."

"엄마 바보오오오오오!"

아코의 마음 깊은 곳에서 우러나온 고함이 울려 퍼졌다.

"참고로 아코를 부탁한다는 말도 들었어."

"그건 굿 잡이에요오오오오오."

아, 그건 좋은 거구나.

뭐, 좋다. 문 너머에서 이야기를 하려고 온 건 아니다.

"그런고로, 보호자의 허가를 받았으니 문답무용으로 들어가마."

"어, 자, 잠깐만요. 지금은 조금—."

"문답무용이라고 했잖아!"

문고리를 돌렸지만 역시 자물쇠가 걸려 있었다. 하지만 문제없다, 필요한 열쇠는 이미 입수했다.

"거짓말, 열쇠 소리, 엄마가 열쇠를 건네줬나? 아, 이제 틀렸—."

자물쇠는 확실히 열렸다. 뭐라 말하는 아코를 무시하고 문을 열었다.

의외로 정리가 된, 그러나 커튼을 닫아둔 방이었다. 눈에 띄는 건 커다란 컴퓨터와 개인 방에 두기에는 꽤나 커다란 냉장고. 방 한구석을 점유하는 침대는 LA의 몬스터를 디포르메한 인형이 몇 개 놓여 있어서 방의 주인이 상당히 LA에 심취해 있다는 것을 잘 알 수 있었다.

그리고 방 중앙에는 하얀 그림자가 하나. 아코다.

겨우 만난 아코의 하얀 모습이— 하얘? 왜 하얗지?

"아…… 아……."

아코는 비스듬히 서서 나에게 얼굴만 돌리고 있었다.

그 몸을 가리고 있는 건, 상당히 허둥댔는지 반쯤 흘러내리는 속옷뿐이었다.

양손으로 상반신의 위험한 부위만을 가린 그녀의 모습은 상당히 하얗다. 인도어파인 아코다운 피부는 병적일 정도로 새하얬다.

그러나 빤히 바라보는 사이에 그 피부가 주홍빛으로 물들어갔다.

그리고 그 입이 『아』에서 『꺄』로 변해가는— 그 모습을, 보고 있을 때가, 아니잖아!

"미, 미안!"

동급생의 반라— 거의 전라를 훑듯이 보고 있던 내 눈이 거기서 겨우 떨어져나갔다.

곧바로 방에서 뛰쳐나와 문을 쾅 닫았다. 이렇게 보면 바로 나온 것 같지만, 머릿속에 새겨질 정도로 진득하게 봤다. 굉장히 오래 봤다. 엄청나게 오래 봤다.

지금도 심장이 쿵쾅쿵쾅 뛰고 있다. 큰일 났다, 아코, 굉장한데. 구체적으로 말할 순 없지만, 생각했던 것보다 두 배 정도는 굉장했다. 진짜로.

"저, 저기 루시안. 일단 확인하겠는데요, 어떻게 자물쇠를 연 건가요?"

명백하게 상기된 아코의 목소리. 나도 딱딱하게 굳어버린 상태로 답했다.

"네 어머니가, 주셨어."

"우와아아아아아."

방 안에서 풀썩 하고 뭔가가 쓰러지는 소리가 들렸다.

"어째서, 어째서인가요 엄마!"

"어째서냐고 묻는다면 너야말로 왜 속옷만 입고 있는 건데."

"오히려 속옷도 입고 있지 않았다고요! 그게 저기, 자기 방이면 대담해지는 타입이라고요! 당분간은 바깥에 나갈 생각도 없었고요!"

그렇다고 전라는 아니잖아?! 한창 때의 여자아이에게 용납될 게 아니잖아?!

그러나 지금은 혼란스러워서 아직 화나지 않은 느낌이지만, 이후에는 위험하다. 넙죽 엎드려서 용서해준다면 좋겠지만, 이야기도 들어주지 않았다간 전부 엉망이 될 거야.

"일단 잠시 기다려주세요. 준비할게요."

"어, 어어. 정말 미안."

"아뇨, 저야말로…… 후우, 하아."

진정하기 위해서인지 심호흡을 반복하는 게 들려왔다.

호흡하기를 몇 번, 조금 평정심을 되찾은 아코의 목소리
가 들렸다.

　"그럼, 들어오세요."

　빠르네. 벌써 갈아입은 건가.

　솔직히 들어간 순간 넙죽 엎드릴 각오를 하고 문을 열었다.

　방 안에는 이번에야말로 몸을 가리지도 않고, 모든 걸 드
러낸 아코가 정좌를 하고 나를 기다리고 있었다.

　홍조된 뺨도 그대로인 채 고개를 들어 나를 바라보고쾅!

　"어째서 나가는 건가요?!"

　"너야말로 어째서야! 아니 왜 벗고 있는 건데! 준비한다고
했잖아!"

　"마음의 준비를 한 거잖아요!"

　"그런 준비는 바라지 않았어! 입어! 옷을 입어!"

　한바탕 소동이 벌어진 끝에 겨우 나는 아코와 작은 테이
블을 둘러싸고 마주볼 수 있었다.

　"루시안과 처음 만났을 때 이보다 더 부끄러운 일은 없을
거라 생각했는데, 오늘은 그걸 뛰어 넘었어요……."

　"진심으로 사과하겠지만, 후반은 아코 네 탓이라고."

　"루시안이 각오를 하고 이리로 와줬다면 부끄러움이 덧씌
워지진 않았을 거예요."

　아코는 불만스럽게 말했다.

　지금은 평상복으로 보이는 원피스를 입고 있지만, 그 속

에 숨겨진 맨살은 지금도 머리에 새겨져서 떠나질 않았다.

"미안, 더 이상 말하지 말아줘. 이쪽도 꽤 한계가 아슬아슬하니까, 정신적으로."

"눈앞에 덮쳐도 괜찮은 여자아이가 있는데 냉정하게 있으면 제가 설 곳이 없잖아요."

"부끄러우니까 언어화하지마!"

나는 지금도 본능과 싸우고 있다고!

"부부니까, 루시안이 그럴 생각이라면 각오는 하고 있었는데요……"

"현실과 게임은 다르다고. 이제 농담 아니고 정말로 진지하게, 그것만은 제대로 알아줘."

"네~에."

넌 왜 그렇게 아쉬워 보이냐. 나도 이성의 한계가 있단 말이야.

"참고로 손을 대지 않았던 이유는, 역시 매력 스테이터스가 부족했기 때문인가요?"

"아니, 손을 댄 순간 직결충의 칭호에서 벗어나지 못할 것 같은 느낌이 들어서."

"……슈라면 엄청 말할 것 같네요."

"그치?"

틀어박혀 있는 온라인 게임 신부의 집에 들이닥쳐서 덮치다니 극악인의 소행이다.

어제 슈에게서 받았던 신뢰를 배신한다는 레벨이 아니다.

참고로 매력은 충분하고도 넘쳐났다. 정말로 위험했다.

"그리고 또 하나, 나의 장래가 이 자리에서 결정될 것 같았으니까."

전직 퀘스트의 최종질문, 전직하시겠습니까 네/아니오 정도의 중대한 선택지였다는 느낌이 들었다.

"책임을 질 수 없으니까 덮치지 않는 건 남자다운 걸까요, 남자답지 않은 걸까요?"

나도 몰라, 묻지 마.

"그보다 부끄러움을 숨기겠다고 나를 놀리지 마. 다 아니까."

"하우, 들켰나요."

그야 알지. 왜냐하면 나도 엄청나게 부끄러우니까.

"어흠."

아코는 작게 일부러 헛기침을 하고는 다시 나와 시선을 맞췄다.

"그럼 이야기를 되돌려서요, 루시안은 무슨 볼일인가요?"

그래그래. 문제는 거기부터야.

지금까지 사건이 너무 많아서 잊고 있었지만 중요한 용건이 있어서 온 거라고.

"먼저 아키야마와는 아무 일도 없었다는 걸 말하러 왔어. 너를 만나기 위해 여기까지 왔다고. 설마 거짓말이라곤

하진 않겠지."

"그러네요. 여기까지 온 이상 루시안을 믿을게요."

좋아좋아. 이럴 때 순순한 건 아코의 좋은 점이야.

그렇지 않으면 이야기가 진행되질 않으니까. 다행이다.

"그리고 기본적으로는 안심해도 돼. 나한테 플래그가 서는 이상한 여자는 아코 정도밖에 없으니까."

"갑자기 루시안을 믿을 수가 없게 됐어요."

왜 그렇게 되는데. 지금 한 말 어디에 거짓말이 있다는 거야.

"진짜로 아무도 없다고. 달리 누가 있다는 거야."

"왠지 모르게 제 소녀 센서가 약간 반응했다고요. 아직 허용할 수 있는 범위지만요."

영문 모를 소리를 하네. 애초에 소녀라는 성격도 아니건만.

"그럼, 납득한 걸로 알고 다음으로 가자."

"우우, 설마 학교로 가자거나 그런……."

아코가 겁을 먹고 몸을 빼며 말했다.

"성인군자도 아니고, 나는 그런 소리 안 해."

"안할 건가요?"

타인에게 "성실하게 살아라." 라고 말할 수 있을 정도로 성실하게 살지는 않으니까 말이지.

"말 안 해. 그러니까 여기에 온 용건은—."

다시금 가방에서 노트북을 꺼냈다.

놀라서 눈을 동그랗게 뜨며 나를 바라보는 아코에게 슬쩍 웃었다.

　"오늘은 하루 종일 놀자."

　"정말로 노는 건가요? 학교는요?"

　"연락은 넣었으니까 괜찮아."

　"연락했으니까 땡땡이를 쳐도 되는 건 아니라고 생각해요."

　"그 말을 그대로 너한테 돌려주마."

　"하긴 그렇죠?"

　하긴 그렇죠? 가 아니라고. 평소 같았으면 화를 냈을 거야. 나 참.

　하지만 오늘은 용서하자. 관대한 마음으로.

　"난 말이지. 실은 꽤 기뻤어. 아코가 진심으로 LA를 한다고 말해줬던 거."

　"네?"

　"지금까지는 즐겁게 플레이하면 그걸로 좋다는 인조이파였지만, 지금의 아코는 몰입파가 됐잖아. 그거라면 나도 봐줄 생각 없어, 스파르타로 갈 수 있지!"

　"네, 네에? 저기, 루시안? 눈초리가 진짜로 무서운데요……."

　"됐으니까, 됐으니까."

　아코를 컴퓨터 책상에 앉히고 모니터를 보게 했다.

LA를 켜자마자 열혈 힐러 지도가 시작됐다.

"지금까지는 적당히 시켜왔지만, 힐러 역시 스킬의 타이밍과 콤보, 적의 움직임을 제어하는 게 중요해. 오늘은 그걸 철저하게 주입할 테니까 기대하고 있어."

"잠깐만 기다려주세요! 여자아이 집에 놀러 와서 한다는 게 온라인 게임 교습인가요!?"

"그럼 온라인 게임 말고 뭘 하는데."

"그, 그건 저기…… 우우……."

아코는 우물쭈물 말을 찾다가 풀썩 고개를 숙였다.

"은둔형 외톨이 짓을 그만두면 어딘가로 나갈 수도 있겠지."

"윽!"

아코가 움찔 반응했지만, 그걸 깨닫지 못한 척 하고 말을 이었다.

"그러니까 시작하자. 일단 기본 조작부터. 상대는…… 저기 있는 웨어울프가 좋겠군."

영차, 하고 손을 뻗어서 의자에 앉은 아코의 뒤에서 마우스로 손을 겹쳤다.

아코의 작은 몸은 조금 몸을 내민 것만으로도 간단히 감쌀 수 있었다.

"잘 봐. 이걸 이렇게 해서."

"이렇게 해서."

"이렇게 해서, 이렇게."

탁탁탁 하고 템포 좋게 키보드와 마우스를 움직였다.

"이렇게 해서, 이렇게……."

"그리고 이렇게 저렇게 요렇게, 또 이렇게."

"이렇게 저렇게 요렇게……."

"전혀 안 되잖아."

입만 움직이고 전혀 손이 움직이질 않잖아.

그래선 힐러의 히읗 자도 마스터 못한다고.

"잘 들어. 힐러라는 건 각종 회복스킬의 쿨타임을 관리하면서 적절한 스킬을 적절한 타이밍에 콤보로 이어서 사용하고, 그러면서 버프 스킬의 유지와 적의 큰 기술을 차단, 그것에 실패했을 때 대회복의 콤보를 항상 준비해두는 것이 기본이며, 그게 기본이면서도 극치란 말이야. 만렙까지 올려서 환생을 목표로 한다면 이 정도는 해줘야지."

"우우, 루시안이 정말로 스파르타예요."

"맡겨둬, 오늘은 가능한 한 어울려줄게."

"그거 알고 있어요! 아무리 해도 못해서 끝나지 않는 패턴이에요! 5교시가 시작돼도 아직 급식을 다 못 먹은 것 같은 그런 거!"

"괜찮아. 나는 아코가 전부 다 먹을 때까지 기다려줄 테니까. 자자 다시 한 번. 웨어울프가 기다린다고. 스킬이 날아온다."

"아아앗, 이걸 이렇게, 이렇게 저렇게 요렇게……."

"템포가 빠르니까 스킬 쿨타임에 걸려서 콤보가 끊기잖아. 콤보가 끊이지 않는 아슬아슬한 타이밍에서 이어가면 쿨타임이 끝날 때와 맞출 수 있으니까."

"이, 이렇게 저렇게 요렇게……."

"스킬이 틀렸잖아."

"무리에요!"

"이제 틀렸어요. 새하얗게 타버렸어요."

"뭐, 한 번은 성공했네."

"한 번……뿐……."

아코는 기진맥진해서 침대에 쓰러졌다.

드러누워 있으니 얼굴을 가리고 있던 머리카락이 좌우로 갈라져서 평소 모습보다 표정을 알아보기 쉽다. 약간 뺨이 풀어진 아코는 의외로 기분이 좋아보였다.

"저기, 루시안. 조금 쉬어요. 차를 내올게요."

"어, 미안하네."

손수 타주는 거라고 생각했지만, 아코는 방에 있던 냉장고를 열고는,

"드세요."

쿵 하고 페트병 차를 내 앞에 놓았다.

무, 무드가 없구만.

"주방에서 타주는 게 아니었냐……."

"스킬이 있긴 하지만, 지금 저는 은둔형 외톨이 모드라서요."

괜찮으시면 드세요, 라며 냉장고에서 과자를 한가득 꺼냈다. 이 칼로리만으로도 며칠은 살아갈 수 있을 것 같다만.

"방에서 나가지 않고도 일주일은 지낼 수 있도록 상비해 두고 있어요. 은둔형 외톨이의 귀감이네요."

"오히려 이 귀감을 보고 반성하는 것부터 시작하란 말이야. 애초에 일주일이나 방에 틀어박혀 있으면 화장실은 어쩔 건데."

차를 입에 머금으면서 묻자 아코는 태연하게 대답했다.

"그야 물론 페트병으로 처리를—."

"푸으허업?!"

완전히 사레 들렸다. 액체가 기도로 침입할 것 같았지만, 그보다 아코의 발언 쪽이 훨씬 중요하다. 페트병으로 처리한다는 건, 설마 아코는 전설의 게임 전사, 페트병러[11] 중 한 명이었단 말인가?!

"너, 너너, 너, 이 페트병 안에 있는 게, 설마!"

"아뇨아뇨아뇨, 루시안에게 준 건 그냥 차예요?! 맛으로 알잖아요?!"

#11 페트병러 화장실 갈 시간도 아까워 페트병으로 볼일을 보는 폐인을 지칭한다. 비슷한 용어로 기저귀를 차는 기저귀러, 고양이 화장실용 모래로 처리하는 모래러 등이 있다.

마셔본 적이 없으니까 그런 건 몰라!

적어도 이상한 냄새는 나지 않았으니까 괜찮긴 하겠지만, 무서운 소리 하지 말라고!

"그보다 나, 아무리 그래도 아코가 페트병러라면 사랑할 자신이 없어."

"그, 그럴 수가! 제가 페트병러든 기저귀러든 사랑해주세요."

"무리무리무리!"

기저귀러든 페트병러든 전부 무리다. 좀 봐줘.

"물론 농담이고, 제대로 화장실은 가지만요."

"심장에 안 좋은 농담은 하지 마……."

진심으로 안심했다. 아무리 그래도 농담일 거라 생각하긴 했지만, 아코가 말하면 혹시 모른다는 생각이 든단 말이지.

"그러고 보니 점심은 어떡하는데? 대충 과자로 때우는 거야?"

"아, 네. 대충 먹고 대충 끝내요. 만약 은둔형 외톨이 모드가 아니었다면 점심을 대접했겠지만……."

"손수 만든 요리를 먹고 싶긴 하지만, 딱히 서두르지 않아도 돼."

"그런, 가요?"

아코는 의외인 것처럼 물었지만, 나는 미소로 대신 대답했다.

"기회는 얼마든지 있잖아. 일부러 지금 하지 않아도 돼. 오늘은 놀자."

"루시안⋯⋯."

아코가 눈물을 글썽이며 나를 봤다.

"그렇게 감동하는데 미안하지만, 계속 가자."

"싫~어~어."

그 눈동자에서 또르륵 눈물이 떨어졌다.

화면 끝에서 딩동♪ 하고 길드 멤버의 로그인 표시가 나왔다.

"오, 슈랑 마스터가 로그인했네."

"이렇게⋯⋯ 저렇게⋯⋯ 요렇게⋯⋯."

"정신 차려."

들썩들썩 흔들자 기계적으로 손을 움직이던 아코가 움찔 몸을 떨었다.

"아⋯⋯ 벌써 부활동 시간인가요. 도중에 부분적으로 기억이 없는데요⋯⋯."

"열심히 가르쳐주고 있건만 넌 왜 기억을 잃어버리는데."

하루 종일 한 노력이 날아가 버리잖아, 나 참.

뭐 그건 부차적인 목적이니까 괜찮다. 오늘의 주된 목적은 지금부터다.

"아코, 랜선 하나 빌릴 건데 괜찮아?"

"네. 괜찮아요."

"땡큐. 그럼 이걸 이어서……."

마스터에게 빌린 노트북에 랜선을 연결했다. 그 마스터가 쓰는 거라 그런지 충분한 스펙을 가진 게이밍 노트북이다. LA도 확실히 작동한다. 나의 ID와 비밀번호를 입력하자 곧바로 익숙한 『루시안』이 표시되었다.

"맞다, 아코. 채팅 차단은 풀어놔라."

"아, 네네."

아코를 데리고 언제나 모이는 찻집으로 향하자 그곳에는 이미 모두의 모습이 있었다.

◆슈바인 : 야! 너희들 학교 쉬고 뭐하는 거야!

◆루시안 : 둘이서 놀고 있었어.

◆아코 : 루시안과 노닥거리고 있었어요.

◆슈바인 : 진짜로 쳐 죽인다.

슈바인이 엄청나게 해맑은 미소를 지으며 말했다. 저 미소가 어째서인지 세가와와 겹쳐 보여서 소름이 돋았다.

◆루시안 : 정말 미안.

◆애플리코트 : 너희들은 대체 뭘 하는 거냐.

마스터는 쓴웃음을 짓고 있을 뿐이다.

그리고 마지막 한 명도 별수 없다며 어깨를 으쓱하며 말했다.

◆고양이공주 : 맞다냐. 학교를 쉬고 놀다니, 들키면 혼날

거다냐.

　◆아코 : ……선생님.

　◆고양이공주 : 선생님이 아니다냐. 고양이공주 씨다냐. 아코의 컴퓨터를 빌리고 있다냐.

　"다시 말해 선생님이네요."

　"아마 자존심 같은 게 있는 거겠지. 굳이 지적하진 말아 줘."

　선생님이란 입장인데도 고양이공주 씨를 연기하는 건 괴로울지도 모른다. 여기선 눈을 돌리는 게 배려다.

　◆고양이공주 : 그건 그렇고 컴퓨터 비밀번호, 이건 대체 뭔가 싶다냐.

　"어라, 뭐가 나쁘다는 거죠?"

　"좋은 점 따윈 없어."

　비밀번호는 『루시안, 아코, 러브, 이터니티』니까 말이지. 선생님에게 가르쳐준 건 나지만 피를 토하는 줄 알았어!

　◆루시안 : 그럼 마침 잘 됐네요. 할 이야기가 있는데, 괜찮나요?

　◆고양이공주 : 무슨 일이냐아? 루시안.

　◆루시안 : 학교 그만둘게요.

　매우 가볍게 입력한 그 말을 보고 모두의 움직임이 잠시 멎었다.

　◆슈바인 : 뭐?

◆애플리코트 : 루, 루시안?

"네?! 어, 루시안, 뭐 잘못 먹었나요?!"

아코가 말하는 것도 무시하고 채팅을 입력했다.

◆루시안 : 아코가 학교를 그만둬줬으면 좋겠다고 하고, 저도 오타쿠 오타쿠 계속 불리면서 학교 다니는 거 꽤 힘들었고, 가능하다면 게임만 하면서 빈둥빈둥 살고 싶어요.

입으로 꺼내면 한심한 소리지만, 완전히 거짓말도 아니다. 이것도 나름대로 나의 본심이다.

그런 내 채팅을 본 고양이공주 씨는 움찔움찔 귀를 움직였다.

◆고양이공주 : 아, 그런 건가냐?

그리고 납득했다는 듯이 응응 끄덕이고는 말을 이었다.

◆고양이공주 : 즉 스트레스가ㅡ.

어째서인지 거기서 말이 멈췄다.

그리고 다시 나왔다.

◆고양이공주 : 쌓였다…… 그런 건가냐?

"저기, 루시안…………."

왠지 미묘한 분위기가 나와 아코, 그리고 아마 부실에 있을 다른 멤버들을 감싸는 것이 느껴졌다.

그리고 상당히 뜸을 들인 뒤, 고양이공주 씨는 말했다.

◆고양이공주 : 별수 없다냐ㅡ 알았어.

◆아코 : 안 돼요오오오오!

"왜 그래. 아코가 학교 그만둬달라고 했잖아."

"그렇긴 하지만 그게 아니고! 지금 말하고 싶은 건 그런 게 아니고! 고양이공주 씨 그건 안 돼요! 그렇게 가벼운 마음으로 『별수 없다냐, 알았어.』한 것이 원인이 돼서 당신은 분명 긴 세월동안 후회하게 될 거라고요!"

이 녀석 대체 뭔 소리를 하는 거야. 전혀 모르겠다.

"그런고로 무사히 허가도 받았으니 부부가 함께 니트가 됐네."

"안 돼요, 어쩔 건가요, 부모님이라든가."

"본인과 담임의 동의가 있으니까 괜찮아. 최악의 경우 네 방에 틀어박힐래."

"그, 그건 좋긴 하지만, 좋지 않아요!"

"네 어머니한테도 부탁받았으니까 괜찮아."

"안 돼요 안 돼요, 어쨌든 안 돼요!"

내가 무슨 소리를 해도 아코는 단호하게 거절했다. 이러니저러니 해도 밀어붙이는데 약한 아코치고는 정말로 드문, 절대적인 거부였다.

"저한테 말려들어서 루시안까지…… 그런 건 안 돼요."

"……그러냐."

자기 혼자서 추락할 배짱— 아니, 타협은 가능해도 타인을 말려들게 할 각오는 없다. 인간이란 그런 거겠지.

"야, 아코. 세가와…… 슈가 그러더라."

"……뭔가요?"

"아코는 아키야마가 했던 일이 거짓말이라는 걸 알고 있고, 하지만 무심코 과잉반응을 보여서 고집을 부리며 토라졌는데, 그렇게 되니 뒤로 물러날 수가 없어져서 착지점을 찾지 못하고, 어쩔 도리가 없이 여기까지 와서 초조해하고 있을 거다, 라고."

"하우우."

아코가 가슴을 누르며 뒤집어졌다.

"어, 어째서 눈치챈 건가요."

"오래 알고 지낸 사이라서 그렇다고 그 녀석은 그러더라."

나는 하지만, 이라고 전제를 깔고 말을 이었다.

"나도 그건 틀림없을 거라고 생각하지만, 그것만이 아니라—."

야, 아코. 너는—.

"진짜로 학교 가기 싫지?"

"…………"

"친구는 좀처럼 생기지 않고, 반에 있으면 거북하고, 수업은 잘 모르겠고, 자기 상황이 여러모로 위험한 건 알고 있으면서도 어떡해야 좋을지 모르겠고, 부활동 말고는 즐거운 일이 없으니까 진짜로 가고 싶지 않다고 생각하던 거잖아."

"우, 우우."

"그러던 차에 아키야마한테 한 방 맞으니까 여러 가지가 폭발했다. 나는 그런 느낌이 들었어."

"…………저기."

아코는 고개를 수그린 채 눈만 들어서 나를 바라봤다.

"어째서 루시안은 슈 이상으로 저를 잘 아는 건가요."

"이래 봬도 남편이라서 그런 거 아닐까."

"……에헤헤헤헤헤."

"핫핫핫핫핫."

둘이서 바보처럼 웃었다.

"오늘은 즐거웠냐? 아코."

"네. 그야 물론!"

"그거 다행이네. 나도 그래."

학교까지 쉬고 둘이서 전혀 생산성 없는 짓을 하는 배덕감. 그게 못 참겠단 말이지.

땡땡이의 쾌감이라는 걸까나.

"그럼 인생을 포기하고 다음 생으로 갈 생각은 없어졌냐."

"그, 그건 역시 농담이었지만요."

그거 다행이네. 아코가 사라지면 나의 현실이 유감스러워진다.

"그럼 학교를 그만두고 매일 이렇게 지내고 싶냐?"

"……네."

아코는 부정하지 않고 순순히 긍정했다.

"그럼, 둘이서 할까."

"그, 그건 안 돼요."

"안 되냐."

"……우우, 저는 대체 무슨 소리를 하는 거죠."

아코는 자신의 모순된 면에 머리를 감싸 쥐었다. 나도 잘 알지. 자신이 무슨 생각을 하는지 모르는 상황, 그런 건 누구에게나 자주 있는 일이다.

"슈가 그러더라. 지긋지긋한 관계로 계속 있고 싶다고. 너도, 마스터도, 덤으로 나도. 그렇게 되면 좋겠다고. 어울리지도 않는 소리를, 그거 참 부끄러워하면서 말하더라고."

"……저도, 가능하면 그러고 싶어요."

그 마음만 있으면 충분해. 달리 아무것도 필요 없어.

"나도 말이지, 게임만 있으면 좋다고 생각했어. 나의 본체는 이 안에 있다고 말이야. 하지만 모두가— 네가 있어준 덕에 겨우 현실의 인생도 의외로 재미있다는 마음이 들더라."

현실은 대충 보내고, 진짜는 게임 속. 나의 인생은 계속 그런 느낌으로 나아가리라고 생각했다.

그런 내가 처음으로 현실을 위해 필사적으로 나선 게 아코였다.

"학교에서 다시 부활동을 하고, 쉬는 날에는 제2차 오프 모임을 하거나, 문화제에서 온라인 게임 체험 코너를 설치하거나, 함께 수학여행을 가서 방에 컴퓨터를 들여놓거나……

앞으로도 즐거운 일이 많을 거라는 걸 겨우 깨달았어."

"……그치만, 문화제도 수학여행도, 도중에 지쳐서 온라인 게임 할 것 같네요."

아, 왠지 진짜로 그럴 것 같다. 시작한지 몇 시간 만에 새하얗게 불타버려서, 당장 돌아가서 온라인 게임 하고 싶다고 모두한테 말하는 게 상상된다.

"그래도 상관없잖아. 지금 너랑 마찬가지야. 현실에서 지치면 게임을 하자고. 마음 내키는 대로 지내고, 실컷 논 다음에, 그렇게 해서 조금은 노력할 마음이 든다면― 그때는 다시 학교로 와. 같이 땡땡이치는 건 안 된다고 하니까 나는 학교에서 아코를 기다리고 있을게."

"……루시안."

아코가 눈물을 글썽이며 나를 바라봤다.

뭐, 뭐야. 왜 그런 표정이야. 미아가 겨우 부모를 찾은 것 같은, 지금 당장이라도 달려들고 싶어 하는 얼굴이잖아.

나는 넌지시 학교로 오라고 말하는 것 같아서 조금 죄악감이 있는데 말이지.

왠지 쑥스러워져서 나는 아코에게서 시선을 돌렸다.

그렇게 얼버무리면서 대충 입을 움직였다.

"그리고 말이지. 너는 전업주부가 꿈이라고 하지만, 생각해 봐. 서로 학교를 나와서 제대로 자립하지 않으면 그러기도 힘들잖아. 인생은 정말 힘드니까."

"어."

"……어라니 뭐야, 어라니."

아코의 리액션이 예상과는 조금 달랐다.

우우우, 하고 신음하면서 대미지를 입는 반응을 예상했는데, 실제로는 어째서인지 놀라움과 기대감이 메인이었다.

나 뭔가 이상한 소리 했나? 행복한 결혼을 하고 따스한 가정을— 같은 리얼충의 극치 같은 건 역시 인생을 제대로 걸고 나서야 하는 거잖아? 그래서 어려운 거 아니야?

물음표를 띄우는 내 앞에서 아코가 양손을 꽉 움켜쥐었다.

"받았다…… 받았어요, 드디어 언질을 받았어요. 제 인생, 루시안이 책임져준다는 거네요!"

"내가 언제 그런 소리를 했는데?!"

넌 대체 무슨 과정으로 그런 결론에 이른 건데?! 미안하지만 나는 타인을 떠안고 살아갈 수 있을 정도로 유능하지 않다고?!

"그치만 제대로 고등학교를 졸업하면 결혼해준다고 했잖아요!"

"엄청나게 비약됐잖아?! 나는 누군가와 결혼을 하고 싶다면 고등학교 정도는 제대로 다니라고—."

"그걸 반대로 말하면!"

"반대로 말하지 마!"

반대로 말하면 대부분 자기 입맛에 맞는 이야기가 돼버린단 말이야!

"루시안, 결혼식과 피로연은 게임 속에서 해요!"

"너 굉장한 싸구려 신부구만!"

현실 돈이 들지를 않잖아. 경제적인 건 틀림없지만.

대체 어떻게 할지 고민하며 몸을 움직이자 손 안에서 아코의 방 열쇠가 잘그락잘그락 소리를 냈다.

아코의 어머니에게서 받은 열쇠.

역시 아코도 그런 느낌이 되는 걸까. 그렇게 생각하니 정말로 유망주 아닐까. 아니, 그렇다고 지금 아코에 불만은 없지만— 그렇게 생각하다가 바로 몇 시간 전에 봤던 아코의 나신이 뇌리를 스쳤다.

어어, 저기, 우우, 내 머릿속에서조차 도피처가 없어졌다.

온라인 게임에서 만나서 현실에서도 결혼했습니다, 라니. 직결충의 종착지네.

하지만— 그렇게까지 나쁘지는 않다는 생각도 들었다.

"그래도 역시 그런 건 앞으로 천천히 생각하자."

도망치듯이 말하자 아코는 기쁘게 끄덕였다.

"보류가 됐네요! 이건 커다란 진보예요!"

"그렇다면 너도 조금은 진보해줘."

"하긴 그러네요."

아코는 키득키득 웃으며 키보드를 타타탁 쳤다.

컴퓨터의 쿨러가 약간 회전수를 올렸다. 하드디스크가 드 드득 울린다.

모니터에 표시된 몇 가지 윈도우가 하나씩 사라져갔다.

"자, 그럼. 지금부터 학교로 갈까요?"

"지금부터 가도 부활동밖에 못하잖아."

"그럼 부활동을 하죠!"

"야야, 부활동만 하러 가면 안 된다고 고양이공주 씨가 그 랬잖아."

"……그랬었죠."

즐거운 일 앞에는 괴로운 일이 한가득 기다리고 있다. 성 가신 인생을 어떻게든 하지 않으면 온라인 게임의 세계로는 돌아갈 수 없다.

그러나, 아코 같긴 하지만, 반대로 말하면 내 인생은 온라 인 게임 덕분에 훨씬 즐거워졌다. 열심히 클리어해나가도 좋 을 것 같다고 생각할 정도로.

"어때 아코. 노력할 수 있을 것 같아?"

"노력하고 또 노력하다가 지쳤을 때는 루시안도 함께 쉬어 주는 거죠?"

"내 신부를 위해서라면 당연하지."

"그럼— 노력할 수 있을 것 같아요."

약간의 시간이 지나고, 띵 하고 모든 소리가 사라졌다.

전원이 꺼진 컴퓨터와, 계속 빛을 발하던 모니터가 어둠에 잠겼다. 검은 화면에 빛이 반사되어 거울처럼 아코의 모습을 비춘다.

"…………."

아코는 모니터에 반사된 자신의 얼굴을 보며 조금 표정을 일그러트렸고— 이윽고 포기한 듯이 웃었다.

이 녀석이 무슨 생각을 했는지 나는 잘 모른다.

하지만, 그건 분명 나쁜 것이 아니었을 거라 생각했다.

에필로그

두근두근 판타지? 리얼

스토커는 내 캐릭터가 아니지만, 역시 신경 쓰이는 건 신경 쓰인다.

교실 안이 보이는, 하지만 눈에 띄지 않는 복도 구석에서 나는 아코의 모습을 살펴보고 있었다.

아침 교실은 여러 애들이 이리저리 돌아다녔고, 각자 내키는 녀석과 내키는 대로 이야기를 나누고 장난을 치며 웃고 있었다.

그런 가운데 아코는 혼자 고개를 숙이고 책상을 바라보고 있었다.

그때, 그런 그녀에게 말을 건 여학생이 있었다.

"아, 타마키. 어제 또 쉬었던데, 몸이 안 좋았어?"

"아뇨, 그게……."

아코는 순간 고개를 들었지만 다시 숙이고 말았다. 대답을 기다리던 여학생이 곤란한 듯이 고개를 갸웃했다.

무심코 다리가 움찔하고 움직였다. 내가 아코에게 가봐야 세가와처럼 절묘한 지원을 할 수 있을 리는 없다. 하지만 내버려두는 것도—.

"그게 말이지. 들어봐."

친근한, 거기 있는 것이 당연한 듯한 목소리.

대체 언제 들어왔는지, 옆 반인데도 아무 위화감 없이 끼어든 아키야마가 명랑하게 아코의 어깨를 두드렸다.

"애 말이지, 우리 반에 남친이 있는데, 타마키가 쉰다는 걸 듣고는 일부러 학교까지 쉬어가며 간병을 갔다지 뭐야!"

"뭐어? 거짓말!"

"어, 어어?"

아코에게 말을 건 여학생 뿐만 아니라 가까이서 듣고 있던 다른 애들도 재미있는 가십에 눈을 빛냈다.

"오늘도 아침에 마중을 가서 같이 등교했다더라! 타마키 얘는 이래 봬도 우리보다 훨씬 앞서가고 있어."

"뭐야 그게 뭐야 그게! 못 들었어!"

"어떤 사람 어떤 사람?"

"아, 아뇨, 저기."

아코가 눈을 깜빡이는 사이에도 멋대로 이야기가 진행됐다.

"나 알아! 같이 게임을 하고, 별명 같은 걸로 부른다고 옆 반 애한테 들었어!"

"그거 닉네임 같은 거야?"

중심에 있어야할 아코를 무시하고 이야기가 진행됐다.

"아코!"

그때 복도에서 유려한 목소리가 들렸다. 떠들썩한 아침

교실에도 확실히 들리는, 자신감과 위엄으로 가득한 마스터의 목소리다.

"좋아, 제대로 왔군. 오늘은 중대발표가 있으니 방과 후에 부실로 오도록!"

"아, 네."

교실 전체의 주목이 모였지만 마스터는 개의치 않고 만족스럽게 끄덕였다.

그리고 힐끔 나에게 시선을 던지더니—

"너도 마찬가지다. 루시안."

"예입."

이 녀석들은 별수 없군, 같은 표정은 하지 말았으면 좋겠다. 그치만 걱정되잖아. 결과적으로 내가 학교에 데려온 거나 다름없으니까.

하지만 뭐, 저 모습을 보면—

"타마키, 회장하고 사이 좋아?"

"고쇼인 선배 굉장히 멋있는데도 학교의 높은 사람 딸이라서 다들 거리를 두고 있잖아? 저렇게 친근한 태도는 처음 봤어."

"마스터는, 저기."

"뭐야뭐야 마스터라니."

의외로 어떻게든 되려나.

내가 안도의 한숨을 내쉬자 아키야마가 살짝 나를 보며

웃었다.

굉장하네. 나 참. LA에서 폐인들을 보고 느낀 거랑 똑같아. 현실의 레벨도 스킬도 나와는 천지차이다. 도저히 저렇게 될 수는 없을 것 같다.

단지 아키야마의 배려가 참견인지 어떤지 나는 잘 모르겠다. 힘내라, 아코.

—근데, 저기. 점점 나와 아코의 소문이 퍼져서, 바깥에서부터 내 도주로가 점점 막혀가는 듯한 기분이 든단 말이지.

루시안은 직결충의 칭호를 얻었다!

그런 슬픈 모놀로그가 들린 기분이 들었다.

"겨우 부활동 시간이 왔어요."

책상에 추욱 늘어져 있던 아코는 영혼이 튀어나올 듯한 한숨을 내쉬었다.

"꽤 즐겁게 지냈잖아."

"초기 레벨에 지나지 않는 제 대인스킬로도 그 타이밍에 익숙해지지 않으면 안 된다는 건 알고 있었지만…… 역시 어려워요……."

아코는 아우아우 거리며 자신의 무력함을 한탄했다.

그런 놀림감 상태에서 잘 녹아들 수 있을까.

"나나코가 그러던데, 오타쿠 남친을 가진 오타쿠 여자란 느낌으로 캐릭터가 확립되면 괜찮을 것 같다고 하더라."

"그런 취급은 괜찮은 거냐. 온라인 게임 오타쿠라는 걸 들키면 위험하지 않아?"

"나나코가 돌봐줄 테니까 괜찮아. 그 아이의 체면을 짓밟진 못할 거고."

"리얼충의 역학관계 진짜 무섭네!"

역시 그런 역학관계가 있는 건가.

평소였다면 공포에 질렸겠지만, 아군으로 붙으니 든든했다.

"일부러 도와주고 있는 거라면, 조금은 책임감을 느끼는 거려나."

"음, 그것도 있지만, 의외로 LA가 마음에 든 모양이야."

세가와를 놀리는 소재를 찾으러 왔던 LA가?

그렇구나. 꽤 즐거웠던 거구나. 그거 참 고생한 보람이 있다.

"어디 사는 누가 세심하게 보살펴줬으니……."

"……야, 세가와. 왠지 아코가 돌아오고 나서 약간 저기압 아니냐?"

"그런 일 없어."

뚫어져라 바라보자 세가와는 얼버무리듯이 이야기를 바꿨다.

"저기, 아코는 나름 노력해서 익숙해지고 있지?"

"도중에 영문을 모르게 돼서 일단 제 신랑은 최고라고 주장해뒀어요."

"그래서 쉬는 시간에 여자아이들이 나를 보며 키득키득 거리고 있었구만!"

어쩐지 여학생들의 시선이 평소보다 더 따스해졌다고 했어!

아아 진짜, 불순이성 어쩌고 하며 혼나지 않았으면 좋겠는데.

"자, 게임을 하죠! 리얼충으로 가는 한걸음을 내딛은 저의 힘을 보여드릴게요!"

"하아…… 제대로 걸어갈 수는 있겠냐?"

"그야 물론이죠. 돌아가는 길에 함께 노래방에 가자는 권유를 받았어요."

"굉장하네. 초리얼충이야."

나조차도 들은 적이 없는데, 솔직히 부럽다.

"바로 거절했지만요! 제가 노래를 부를 수 있을 리가 없잖아요, 조금은 알아주세요!"

"그럴 거라 생각했어."

"아, LA의 테마송은 부를 수 있어요. CD도 샀고요."

"콜라보 아이템이 귀여워서 그런 거잖아……."

"뭐, 괜찮잖아. 마스터가 중대발표가 있다고 했으니까 어차피 못 갔을 거야."

그런 이야기를 하던 중 갑자기 쾅 소리와 함께 문이 열렸다.

"들어라, 너희들!"

들어온 마스터가 크게 손을 벌렸다.

"합숙을 간다!"

"……엥?"

"수면시간 없이 하루 종일 오로지 온라인 게임만 하는 온라인 게임 강화합숙이다! 아코의 정신을 회복시키기 위해선 지금 환경에서 떨어지는 것이 최적이라고 생각해서 기획했다만, 루시안이 하루 만에 어떻게든 해결해줘서 전혀 소용없어진 비극의 계획! 내가 슬프니까 전원 강제참가다!"

"그건 왠지 미안!"

"걱정 끼쳐서 죄송합니다!"

마스터도 마스터 나름대로 여러모로 생각해줬구나, 정말 미안하다.

"들뜬 와중에 미안한데."

마스터 뒤에서 들어온 사이토 선생님이 이마를 누르며 말씀하셨다.

"이 부는 부비 같은 게 없는데? 어디서 예산이 나오는 거니?"

"사비로 냅니다."

"……나, 고문인데 같이 가줘야 하나?"

마스터는 씨익 웃었다.

"부탁합니다냐."

"고, 곤란하다냐."

고양이공주 씨도 꽤 분위기를 타기 시작했네.

우리 부의 고문으로서 듬직할 따름이다.

"루시안과 하룻밤……."

"반응하는 게 거기냐."

"약혼도 했으니까 이번에야말로 저도 각오를."

"안 했어, 필요 없어."

"그럼 루시안이 각오를."

"안 해 안 해."

"그치만 합숙이라면 중요 이벤트잖아요. 역시 루시안 엔딩에 들어가기 위한 선택지가 섞여있을 것 같단 말이에요."

"있다고 해도 나는 같은 선택지 안 고를 거다."

"우우우우."

울상을 지으며 나를 바라보는 『나의 신부』.

설마 온라인 게임의 신부가 이런 여자아이라고는 정말 생각도 못 했다.

평범한 여자아이의 기준으로 보면 매우 유감스럽고, 하지만 내 눈으로 보면— 응, 굳이 말하지는 말자.

좋은 의미든 나쁜 의미든, 정말로 상상도 못 했어.

"야, 아코. 이건 내 생각인데."

"네?"

살짝 아코의 머리에 손을 얹었다.

"인생 온라인, 생각보다 좋은 게임 같아."

"그러네요."

아코는 눈을 가늘게 뜨고 기쁜 듯이 끄덕였다.

모니터의 무기질적인 빛이 우리를 감싸듯이 빛나고 있었다.

■작가 후기

　전챗으로 실례합니다.

　오랜만입니다. 혹은 처음 뵙겠습니다.

　키네코 시바이라고 합니다.

　여기저기서 『괜찮아? 2권 소재 남아있어? 제대로 쓸 수 있어?』등등의 많은 걱정을 받은 『온라인 게임의 신부는 여자아이가 아니라고 생각한 거야?』입니다만, 이렇게 무사히 Lv.2를 보내드릴 수 있게 되었습니다.

　이것도 모두 독자 여러분 덕분입니다. 정말로 감사합니다.

　이번에도 실컷 내키는 대로 쓴 한 권이 되었습니다. 여러분도 작가와 함께 히죽 웃어주신다면 그 이상 바랄 것이 없겠습니다.

　또 사담입니다만, 전권 후기에서 쓴 것처럼 저도 온라인 게임 속에서 시스템적인 결혼을 한 적이 있습니다.

　여캐와 결혼했음에도 불구하고 상대가 여캐랑 바람을 피워서 이혼했습니다만, 바람이 발각된 이유는 『내 결혼반지에 전혀 들도 보도 못한 바람 상대의 이름이 적혀 있었던 것』이었습니다.

　마음의 상처는 지금도 낫지 않았습니다.

　전챗 실례했습니다.

　그런 연유로 사죄와 감사를.

　일러스트의 Hisasi 씨, 귀여운 일러스트를 그려주셔서 정말로 감사합니다. 이런 그림을 원합니다! 라는 희망이 이상을 뛰어넘은 형태로 나와서 감사의 마음으로 가득합니다.

　제가 제멋대로 쓴 패러디로 가득한 문장을 때로는 원 소재를 구글링하면서 어울려주신 담당님. 이번에도 폐를 끼쳤습니다만 앞으로도 잘 부탁드립니다.

　또한 온라인 게임 관련 소재를 찾아서 돌아다닐 때 소재를 주신 분들. 여러분 덕분에 즐거운 소설이 되었습니다. 정말 감사합니다.

　마지막으로, 이번에도 책을 손에 들어주신 독자 여러분. 거듭 감사를 드립니다, 어디 온라인 게임에서 작가를 만나신다면 부디 다정하게 대해 주십시오.

　그럼 또 기회가 있다면 만나 뵙겠습니다.

　키네코 시바이였습니다.

■역자 후기

 안녕하세요. 2권부터 새로 번역을 맡게 된 불초 역자입니다.

 2권에서는 MMORPG 말고도 여러 온라인 게임을 하는 일행들의 모습이 나왔습니다. 왠지 다들 어디서 본 것 같은 친근한 게임이라 웃음이 절로 나오더군요. 특히 그중에서도 몇몇 게임은 우리나라 게임이라 놀랐습니다. 이러니저러니 해도 우리나라는 역시 온라인 게임 수출을 많이 하긴 하는 것 같아요.

 이 소설을 보면서 새삼 느끼는 거지만 역시 모두와 함께 게임을 하는 건 참 즐거운 것 같습니다. 제아무리 악평이 난무하고 리뷰점수가 바닥을 기는 세기의 망겜을 하더라도 친구들과 함께 왁자지껄 떠들면서 하면 그것도 꽤 즐거운 법이거든요. 저도 고등학교 때는 야자를 째고 친구들과 함께 PC방에 가서 열심히 모 국민게임의 4:4를 하고 다녔던 기억이 솔솔⋯⋯. 그 시절에는 빠른무한도 없어서 그냥 무

한헌터를 했었습니다. 지금 생각하면 다 좋은 추억이죠. HAHAHA

근데 이건 여담입니다만, 사실 저는 온라인 게임을 하면서 시스템상의 결혼이라는 걸 해본 적이 없습니다. 결혼 시스템이 있는 게임을 그다지 하지 않아서 그런 것도 있지만 기본적으로 저는 MMORPG에서는 솔플 지상주의거든요. 혼자서는 못가는 인던을 돌거나 그럴 때야 파티를 찾아서 합니다만 그거 말고는 길드도 들지 않고 대부분 솔플로 게임을 즐겼고, 그러다보니 자연스레 결혼도 안하게, 아니 못하게 됐죠. 다들 아시겠지만, 길드 같은 곳에 들어서 커뮤니티를 만들지 않는 이상 결혼 같은 걸 하기는 꽤 힘들거든요. 상대가 하늘에서 뚝 떨어지는 것도 아니고 말이죠. 그 말인즉슨, 게임 속의 결혼도 결국은 리얼충에 가까운 놈들이 하는 거다 이겁니다. 루시안이나 아코나 자기들은 리얼충이 아니라고 부정하지만 사실은 리얼충에 엄청 가까운 셈이죠. 게다가 아코만 있는 것도 아니잖아? 폭발해라.

그럼 슬슬 저의 리얼충 저항력이 낮아질 것 같으니 이쯤 하고, 다음 권에서 뵙겠습니다. 다음 권에서는 부디 폭발하기를……

온라인 게임의 신부는 여자아이가 아니라고 생각한 거야? 2

1판 1쇄 발행 2015년 3월 10일
1판 5쇄 발행 2018년 4월 24일

지은이_ Kineko Shibai
일러스트_ Hisasi
옮긴이_ 이진주
일본판 오리지널 디자인_ AFTERGROW

발행인_ 신현호
편집국장_ 김은주
편집진행_ 최은진 · 김기준 · 김승신 · 원현선 · 김솔함 · 권세라
편집디자인_ 양우연
국제업무_ 정아라 · 고금비
관리 · 영업_ 김민원 · 이주형 · 조인희

펴낸곳_ (주)디앤씨미디어
등록_ 2002년 4월 25일 제20-260호
주소_ 서울시 구로구 디지털로 26길 111 JnK디지털타워 503호
전화_ 02-333-2513(대표)
팩시밀리_ 02-333-2514
이메일_ lnovelpiya@naver.com
L노벨 공식 카페_ http://cafe.naver.com/lnovel11

원제 netoge no yome wa onnanoko zya nai to omotta? 2
© KINEKO SHIBAI 2013
Edited by ASCII MEDIA WORKS
First published in 2013 by KADOKAWA CORPORATION, Tokyo.
Korean translation rights arranged with KADOKAWA CORPORATION, Tokyo, through KCC.

ISBN 978-89-267-9876-8 04830
ISBN 978-89-267-9843-0 (세트)

값 6,800원

역시 내 청춘 러브코메디는 잘못됐다. 1~10권

와타리 와타루 지음 | 퐁칸⑧ 일러스트

역시 내 청춘 러브코메디는 틀려먹었다.
고독에 굴하지 않고, 친구도 없이, 애인도 없이.
청춘을 구가하는 동급생들을 보면
「저놈들은 거짓말쟁이다. 기만이다. 뭬져버려라」라고 중얼거리고,
장래희망을 물으면「일하지 않는 것」이라고 천연덕스럽게 대꾸하는—
삐뚤어진 고교생 하치만이 생활 지도 교사에게 붙들려간 곳은
교내 제일의 미소녀 유키노가 소속된「봉사부」.
별 볼일 없던 내가 뜻밖에도 이런 미소녀를 만나게 되다니……
이건 아무리 봐도 러브코메디의 시작!?인 줄만 알았는데
유키노와 하치만의 유감스러운 성격이 그러한 전개를 용납하지 않는다!
그로 인해 펼쳐지는 문제투성이의 청춘 군상극.

내 청춘이 어쩌다 이 꼴이 됐지!?

애니메이션 2기 제작 결정 화제작!
이 라이트노벨이 대단하다! 2014, 2015 작품 부문 1위!

라이트노벨의 새로운 빛! L노벨의 신간은 매월 10일에 발매됩니다. www.lnovel.co.kr

최약무패의 신장기룡 1권

아카츠키 센리 지음 | 카스가 아유무 일러스트 | 원성민 옮김

5년 전 혁명으로 인해 멸망한 제국의 왕자·룩스는 실수로 난입하고 만
여자기숙사 목욕탕에서 신왕국의 공주·리즈샤르테와 만난다.
"……언제까지 내 알몸을 보고 있을 생각이냐, 이 바보 자식아아아앗!"
유적에서 발굴된 고대병기 장갑기룡.
일찍이 최강의 기룡사라고 불리던 룩스는,
지금은 공격을 전혀 하지 않는 기룡사로서「무패의 최약」이라고 불리고 있었다.
리즈샤르테의 도전을 받아 결투를 벌인 끝에,
룩스는 어찌 된 영문인지 기룡사 육성을 위한 여학원에 입학하게 되는데……?!
왕립 사관학원의 귀족 자녀들에게 둘러싸인 몰락왕자의 이야기가 시작된다.

왕도와 패도가 엇갈리는
「최강」의 학원 판타지 배틀, 개막!

라이트노벨의 새로운 빛! L노벨의 신간은 매월 10일에 발매됩니다. www.lnovel.co.kr